Le Petit Prince

ANTOINE DE SAINT-EXUPÉRY

星の王子さま

サン=テグジュペリ
ドリアン助川 訳

LE PETIT PRINCE
by Antoine de Saint-Exupéry
1943

レオン・ウェルトへ

この本を一人の大人にささげることを、子どものみなさんには許《ゆる》してもらいたいのです。私にはちゃんとした理由《りゆう》があります。だって、その大人は世界で一番の私の親友なのです。ほかの理由《りゆう》もあります。彼はなんでも理解《りかい》できるのです。子どもが読む本であっても、心からわかってしまうのです。

三つ目の理由《りゆう》もあります。彼はフランスに住《す》んでいるのだけれど、そこでひどくお腹《なか》をすかせています。寒くてこごえてもいるのです。今、一生けんめいになぐさめてあげなければいけないときなのです。

もし、これだけの理由をそろえても許《ゆる》してあげないよというなら、私はこの本を、むかし子どもだったころのその人にささげたいと思います。大人はだれだって一人のこらず、最初はみんな子どもだったのですから（でも、そのことを覚えている大人はほとんどいません）。そういうわけですので、だれにこの本をささげるのかというあいさつの言葉を直しますね。

小さな子どもだったころのレオン・ウェルトへ

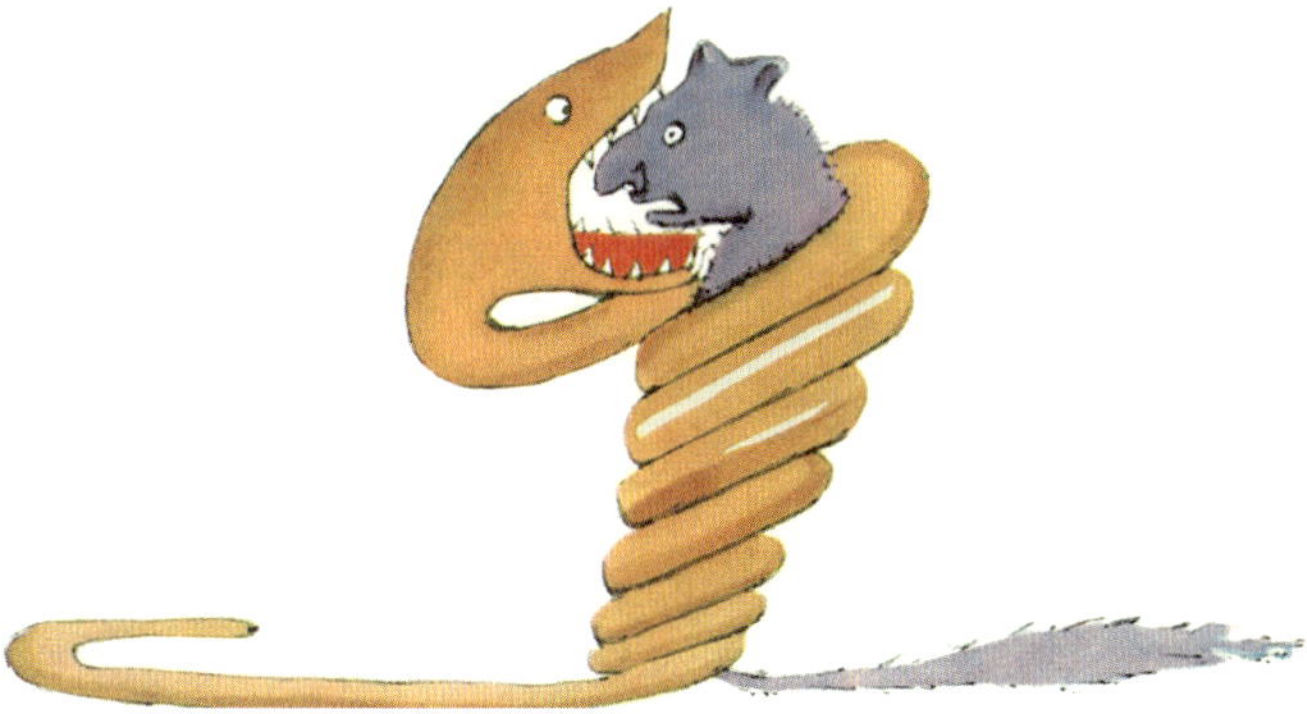

I

六歳《さい》のときに、私ははじめてその素晴《すば》らしい絵を見ました。ジャングルについて書かれた『ほんとうにあった話』という本のなかにその絵はあったのです。それは、ボアという大きなヘビが猛獣《もうじゅう》を丸のみにしているところでした。ほら、これがその絵をまねたものです。

本にはこう説明がありました。「ボアは獲物《えもの》をかまずに丸のみにします。のみこんだらもう動けません。その獲物《えもの》を消化するために六ヶ月ものあいだねむるのです」

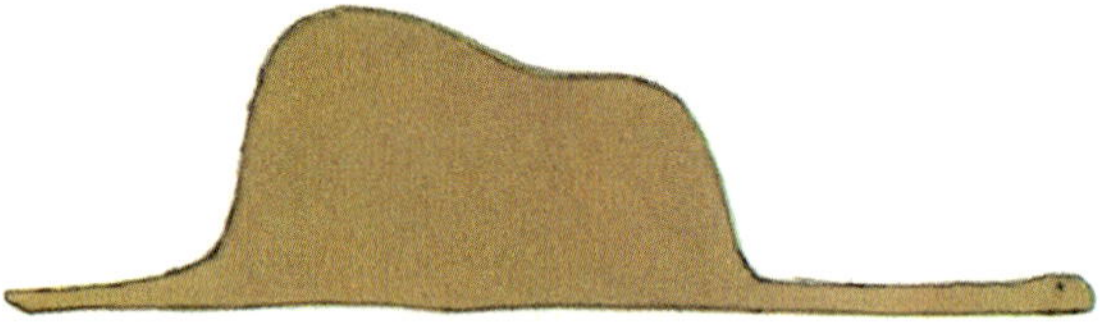

私はジャングルで起きていることについて考え、頭がいっぱいになってしまいました。それで自分の出番とばかり、色鉛筆《いろえんぴつ》ではじめての絵を描《か》きあげたのです。ほら、こんな絵です。

この大傑作《だいけっさく》を私は大人たちに見せました。そして、私の絵がこわくてぞっとするかどうか聞いてみたのです。そうしたら大人たちは、「どうして帽子《ぼうし》がこわいんだ？」と言うではありませんか。

私の絵は帽子《ぼうし》を描《か》いたものではありません。ゾウを消化している大きなヘビ、ボアなのです。だから大人たちにもわかるように、続いてボアのお腹《なか》のなかを描《か》いてみました。大人たちというのは、いつも説明を必要とするものなのです。ほら、人生二度目の絵はこんな感じです。

すると、大人たちは私に、ああだこうだと言いはじめました。ボアの外側だろうが内側だろうが、そんな絵はもうほうってお

きなさい。それよりも、地理《ちり》や歴史《れきし》、算数や国語にもっと興味《きょうみ》を持ちなさいと言うのです。そういうわけで、私は六歳《さい》にして、画家としてのかがやかしい未来をあきらめることになりました。ボアの絵一号と、ボアの絵二号の失敗によって、私はくじけてしまったのです。大人たちというのは、自分一人ではなにも理《り》解《かい》しようとしません。これは子どもたちにとってすごく疲《つか》れることですよね。大人にはいつも説明をしてあげなければいけないのです。

それで私は、ほかの仕事を選びました。飛行機《ひこうき》の操縦《そうじゅう》を勉強したのです。世界じゅうのあちらこちらを飛びまわりました。それで、わかりました。地理《ちり》はたしかに役立つものです。ずいぶんと助けられました。片目《かため》でちらりと見ただけで、そこが中国なのかアリゾナなのか区別がつくようになったのです。地理《ちり》はほんとうに役に立ちます。たとえ夜なかにどこを飛んでいるのかわからなくなったとしてもです。

私はそうして、たくさんのまじめな人たちと数えきれないほど出会ってきました。大人たちのあいだにまじって生きてきたのです。大人たちがすぐそばにいました。でも、だからといって、大人たちに対する私の感じかたは、あまりいい方向にはかわりませんでした。

ちょっとはできそうかな、と思える大人に出会ったとき、私はいつも持ち歩いているボアの絵一号を見せる実験をしてきました。ほんとうにものごとを理解《りかい》できる人なのかどうか、知りたかったのです。でも、かえってくる答えはいつも同じでした。

「これは帽子《ぼうし》だね」

こうなるともう、私はボアのことも、ジャングルのことも、星々のことも話しませんでした。かわりに、その人がわかりそうなことを話してあげるのです。トランプのブリッジやゴルフ、政治《せいじ》やネクタイについて。すると、その人はとてもよろこびました。自分と同じようにものごとがわかる人間に出会えたと思うらしいのです。

2

そういうわけで、私は心からほんとうのことを話せる相手がいないまま、一人で生きてきました。六年前、サハラ砂漠《さばく》に飛行機《ひこうき》が不時着《ふじちゃく》するまで、ずっとそうでした。

私の飛行機《ひこうき》のエンジンのどこかがこわれてしまったのです。整備士《せいびし》も乗客もだれもいなかったので、私はたった一人で飛行機《ひこうき》のむずかしい修理《しゅうり》にとりかからなければいけませんでした。それは私にとって、生きるか死ぬかという問題でした。たった一週間分の水しか持ち合わせていなかったのです。

不時着《ふじちゃく》してはじめてむかえる夜、人里《ひとざと》から千マイルもはなれた砂漠《さばく》の上で私はねむることになりました。大きな海をたった一人いかだでただよう難民《なんみん》よりも、私はもっともっと人の世からへだてられていたのです。だからきっと、みなさんには私の驚《おどろ》きっぷりがわかると思います。夜が明けるころに聞こえてきた、ささやくような奇妙な声で私は目をさましたのです。その声はこう言いました。

「おねがいだから、ぼくにヒツジの絵を描《か》いてくれない？」

「ええ？」

「ぼくにヒツジの絵を描《か》いてよ」

私は雷《かみなり》に打たれたみたいに飛び上がりました。驚《おどろ》いて、何度も目をこすりました。それで、よーく見てみたのです。そこにはとてもかわったかっこうをした小さな坊《ぼう》やがいました。いったいどうなっているんだって、私は真剣《しんけん》に考えました。

ほら、これが一番似《に》ている坊《ぼう》やの絵です。かなりあとではありましたが、うまく描《か》けた一枚です。まあ、私の絵はもちろん、モデルに比《くら》べればあまりかわいく描《か》けてはいないのです。でも、それは私のせいではありません。私は六歳《さい》のとき、大人たちによって画家としての偉大《いだい》な人生をあきらめさせられたのですから。大きなヘビ、ボアの内側の絵と外側の絵を描《か》いたことをのぞけば、私は一度も絵を学んでいないのです。

とにかく私は驚《おどろ》いて、両目とも丸くしたまま、突然《とつぜん》あらわれた坊《ぼう》やを見ていました。だって、人の住《す》む場所から千マイルもはなれたところに私がいるということを忘《わす》れないでくださいね。それなのにかわいい坊《ぼう》やは、迷子《まいご》だという雰囲気《ふんいき》が全然しないのです。

死ぬほど疲《つか》れているとか、死ぬほどお腹《なか》がすいているとか、死ぬほどのどが渇《かわ》いているとか、死ぬほどこわがっているとか、そういう感じがまったくしないのです。人里《ひとざと》から千マイルもはなれて、砂漠《さばく》のまっただなかに子どもが一人とりのこされているといった表情《ひょうじょう》が、ほんとうに彼にはなかったのです。私は、やっとの思いで坊《ぼう》やに話しかけてみました。

「それで……きみはいったいどうしたんだい？」

そうしたら坊《ぼう》やは、すごく重大なことを話すように、ゆっくりと同じことを言いました。

「おねがいだから、ぼくにヒツジを描《か》いてくれないかな」

あまりに不思議なことに出くわすと、それを否定《ひてい》しようという気力もなくなるものです。ばかばかしいとは思いましたが、人里《ひとざと》から千マイルもはなれて、死んでしまう危険《きけん》さえあるというのに、私はポケットから一枚の紙と万年筆を取りだしました。でも、そこで思いだしたのです。私が特に力を入れて勉強したのは、地理《ちり》や歴史《れきし》、算数や国語でした。それでかわいい坊《ぼう》やに、ちょっと不機嫌《ふきげん》な感じで言ったのです。私は絵の描《か》きかたを知らないんだよって。すると坊《ぼう》やはこう返事しました。

「かまわないよ。ぼくにヒツジを描《か》いてよ」

私はヒツジを一度も描《か》いたことがなかったので、坊《ぼう》やのために自分が描《か》ける二つの絵のうちのひとつを描《か》いてみました。大きなヘビ、ボアの外側です。そうしたら、坊《ぼう》やはこう答えました。私はほんとうに驚《おどろ》きました。

「ちがう、ちがう！　ぼくはボアに飲みこまれたゾウなんてほしくないよ。ボアはすごくあぶないし、ゾウはすごくでかくてじゃまなんだ。ぼくの住《す》んでいるところはとても小さいんだ。ぼくは一匹のヒツジがほしいんだよ。ヒツジを描《か》いてよ」

それで、私はヒツジを描《か》きました。

坊《ぼう》やはじーっと見ていましたが、今度はこうです。

「だめだよ！　そのヒツジはすごく具合がわるそうだもの。ほかのヒツジを描《か》いて」

私は描《か》いてみました。

すると、私の友だちはやさしげに笑ってみせたのです。あらま、しょうがないね、といった顔です。

「よく見てよ……それ、ぼくのほしいヒツジじゃないよ。角の生えた大きな牡《お》ヒツジでしょ、それは」

そういうわけで、私はまた別のヒツジを描《か》きました。

坊《ぼう》やはやはり私の絵を受け取ってくれませんでした。

「そのヒツジは年をとりすぎているよ。ぼくはこれから長く生きるヒツジがほしいんだ」

さすがにがまんできなくなってきました。飛行機《ひこうき》のエンジンの分解《ぶんかい》を急いでやらなければいけなかったので、私はぞんざいにこんな絵を描《か》き、ぴしゃりと言ってやったのです。

「これは箱だよ。きみのほしいヒツジはこのなかに入っている」

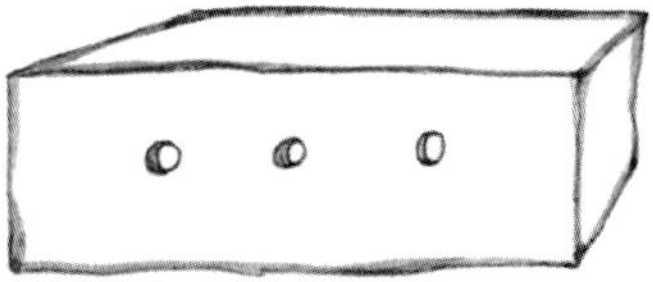

びっくりしました。この、幼《おさな》い私の審判《しんぱん》が、顔をかがやかせたのです。

「これだよ！　ぼくはほんとうにこんなのがほしかったんだ！　このヒツジ、草をたくさん食べると思う？」

「どうして？」

「だって、ぼくの住《す》んでいるところはとても小さいんだ……」

「草ならきっとたりるよ。きみにあげたのはすごく小さなヒツジなんだから」

坊《ぼう》やは箱の絵をのぞきこみました。

「そんなには小さくないよ、このヒツジ。わお！　ねむっちゃった……」

こうして、私は小さな王子さまと出会ったのでした。

3

小さな王子さまはいったいどこからやってきたのでしょう。それがわかるまでに、しばらくの時間がかかりました。王子さまは私にたくさんの質問《しつもん》をしてきましたが、私からの質問《しつもん》には耳をかたむけてくれる気配がなかったのです。彼がたまたま話す言葉からすこしずつ考えていって、そのうちすべてがわかったのです。たとえば、私の飛行機《ひこうき》をはじめてちらりと見たとき（飛行機《ひこうき》の絵は描《か》きませんよ。私にとっては複雑《ふくざつ》すぎるのです）、王子さまはこう言いました。

「あそこの、あのあれは、なに？」

「あのあれ、じゃないよ。あれは飛ぶんだ。飛行機《ひこうき》だよ。私の飛行機《ひこうき》なんだ」

飛んできたことを王子さまに教えてあげられたので、私はちょっとほこらしい気分になりました。そうしたら王子さまがさけんだのです。

「なんだって！　あなたは空から落ちてきたの！」

「まあね」

と、私はひかえめな答えかたをしました。

「ええ！　それはおもしろいや！」

王子さまはそう言うと、かわいい声でふきだすように笑いました。私はむっとしました。私が置かれた不運な状況《じょうきょう》というものを、まじめに受けとってほしかったからです。そうしたら、彼はこう続けました。

「それなら、あなたも空からやってきたんだね！　あなたはどこの星からきたの？」

まるで光がさしこんできたようでした。その言葉ですぐにひらめいたのです。王子さまがここにいることの謎《なぞ》が解《と》けそうでした。私はあわててこう聞いてみました。

「それならきみは、ほかの星からきたんだね？」

でも、王子さまは、それについては答えてくれませんでした。私の飛行機《ひこうき》に目をやりながら、ゆっくりと頭を振《ふ》るだけです。そしてこうつぶやきました。

「ほんとうだね。あんなのでは、そんなに遠くからはこられないよね」

彼はなにかを考えているかのように長いあいだだまりこんでしまいました。そしてポケットから私のヒツジの絵を取りだし、宝物《たからもの》となったそれをじっとながめるのでした。

「ほかの星」なんて、にわかには信じがたい言葉です。私がどれだけの好奇心《こうきしん》をいだいたか、みなさんには想像《そうぞう》がつくでしょうか？　それで、私はもっと深く知ろうとしてがんばってみました。

「で、きみはどこからきたのかな、かわいい坊《ぼう》や。おうちはどこ？　私のヒツジをどこに連れていくつもり？」

もの思いにふけるような沈黙《ちんもく》のあとで、彼は答えました。

「よかったよ。あなたがぼくに箱をくれて。夜になったら、ヒツジのおうちになる」

「もちろんさ。きみがお利口《りこう》でいてくれたら、昼間にヒツジをつないでおくロープもあげるよ。ロープをむすぶ杭《くい》もね」

この提案《ていあん》は、王子さまには意外《いがい》なものだととられたようです。

「ヒツジをつなぐだって？　へんなことを考えるね！」

「でも、もしつないでおかないと、ヒツジはどこにだって行っちゃうよ。迷子《まいご》になっちゃう」

するとわたしの友だちは、またふきだして笑ったのです。

「ヒツジがどこに行くと思うの？」

「どこにだって行くよ。前にまっすぐどこまでも……」

王子さまはそこでまじめな顔になりました。

「大丈夫なんだ。ほんとうに小さいから、ぼくの星」

それから、どうやらすこしさびしくなってしまったようで、王子さまはこんなふうに言葉をつけたしました。

「まっすぐどこまで行こうとしても、だれもそう遠くには行けないものだよ……」

4

こうして私は、またひとつとてもたいせつなことを知りました。それは、王子さまが暮《く》らしていた星は、一軒《いっけん》の家とそうかわらない大きさだった！　ということです。

でも、私はたいして驚《おどろ》きませんでした。地球や木星、火星や金星といった名前つきの大きな惑星《わくせい》の向こうに、小さすぎて望遠鏡《ぼうえんきょう》でもなかなか見えない何百という星があることを知っていたからです。天文学者《てんもんがくしゃ》はひとつの惑星《わくせい》を発見すると、その星の名前として番号を与えます。たとえば、「小惑星《しょうわくせい》３２５」というふうに。

私には、小さな王子さまがやってきたのは「小惑星《しょうわくせい》Ｂ６１２」ではないかと信じるちゃんとした理由《りゆう》がありました。それは、トルコの天文学者《てんもんがくしゃ》によって、一九〇九年に一度だけ望遠鏡《ぼうえんきょう》で発見された小惑星《しょうわくせい》なのです。

彼は天文学《てんもんがく》の国際会議《こくさいかいぎ》で、自分の発見を大々的に発表しました。だけど、着ているものがその場にふさわしくなかったのです。トルコの民族衣装《みんぞくいしょう》のせいで、だれも彼を信用しなかったのです。大人ってこんなものなのです。

小惑星《しょうわくせい》Ｂ６１２がさいわいにも名誉《めいよ》を回復《かいふく》できたの

は、トルコの独裁者《どくさいしゃ》が国の人々に、ヨーロッパ風の服を着ないと死刑《しけい》にしちゃうよって命じたからです。そこでトルコの天文学者《てんもんがくしゃ》は一九二〇年に、すごくステキなヨーロッパの服を着て発表をやりなおしました。そうしたら今度は、一人のこらず彼の発見をみとめたのです。

私が今ここで、小惑星《しょうわくせい》B612についてくわしいことを語ったり、星の数字をあきらかにしているのは、大人たちのことを考えているからです。大人は数字のとりこなのです。みなさんがあたらしい友だちについて話しても、大人たちはたいせつなことを決して聞こうとはしません。こんなふうには絶対《ぜったい》言いませんよ。

「その子、どんな声をだすの？　なにをして遊ぶのが好き？　チョウを集めてるかな？」

大人はきっとこう言います。

「その子は何歳《さい》なの？　兄弟《きょうだい》は何人いるんだ？　体重はどれく

らいあるの？　お父さんはどれだけ収入《しゅうにゅう》があるの？」

なんと、こんなことだけを並《なら》べて、大人はその子を知ったつもりになるのです。だからもし、みなさんが大人たちにこう伝えたとすると……

「バラ色のレンガでできた美しいおうちを見たよ。窓辺《まどべ》にはゼラニウムが咲《さ》いていて、屋根にはハトたちがいた……」

どんな家なのか、これでは大人たちは想像《そうぞう》できないのです。こう言ってやらないといけません。

「私、十万フランのおうちをみたよ」

すると、大人たちはこう叫《さけ》びます。

「なんてステキな家なんだ！」

そういうわけですから、もしみなさんが、「小さな王子さまがほんとうにいたという証拠《しょうこ》はあるよ。王子さまはとてもかわいらしかったし、よく笑ったし、それにヒツジをほしがったんだ。ヒツジをほしがるなんて、ほんとうにいたということの証明《しょうめい》だよね」なんて言うと、

大人たちは肩《かた》をすくめて、みなさんを子どもあつかいするでしょう！　でも、もしみなさんが、「王子さまがやってきたのは小惑星《しょうわくせい》B612だよ」と言ったなら、大人たちは納得《なっとく》します。みなさんを質問《しつもん》ぜめにしないで、静《しず》かにほうっておいてくれるはずです。大人ってそういうものなのです。だから、大人にないものねだりをしてはいけません。子どもたちは大人に対して、うんと大きな気持ちで接《せっ》してあげるべきなのです。

でも、もちろん、生きていくことの意味がわかっている私たちは、数字のことなんかどうでもいいですね！　王子さまとのこの物語だって、おとぎ話のようにはじめられていたらよかったなあと思います。書きだしはこんなふうに。

「むかしむかし、小さな王子さまが、自分の身のたけよりちょっと大きいだけの惑星《わくせい》に住《す》んでいました。王子さまは友だちがほしかったのです……」

生きていくことの意味がわかっている人たちには、こちらのほうがずっとほんものらしく感じられることでしょう。

というのも、私は自分のこの本を軽い気持ちで読んでほしくないのです。あのときの思い出を語ると、私はとてもつらくなるのです。私の友だちがヒツジを連れてこの星を去ってから、すでに六年がすぎました。ここで王子さまのことを書こうとしているのは、彼を忘《わす》れないためなのです。友だちを忘《わす》れるなんて、かなしいことですからね。だれもが友だちを持っているというわけではありません。私だって、数字にしか興味《きょうみ》がない大人みたいになってしまうかもしれないのです。だから、私はもう一度、絵の具のセットと鉛筆《えんぴつ》を買ってきたのです。私の年齢《ねんれい》でふたたび絵を描《か》きだすというのは大変なことなのですよ。六歳《さい》のときのボアの内側と外側の絵以外、なにも描《か》いたことがないのですから！

もちろん、私はできるだけほんものそっくりに描《か》こうとしています。でも、うまくいくかどうかはまったくわかりません。ひとつ似《に》たのが描《か》けたとしても、ほかの絵は全然似《に》ていません。背《せ》たけもちょくちょくまちがえます。こっちは王子さまが大きすぎるし、あっちは小さすぎる。王子さまの服の色も、どうだったかなあと迷《まよ》ってしまいます。こうだったかな、ああだったかなと、どうにかこうにか手さぐりでやっているのです。それでも結局、よりたいせつな細かいところをまちがえてしまうかもしれません。

でも、そうだとしても、私には目くじらをたてないでもらいたいのです。私の友だちはまったく説明をしてくれなかったのですから。彼はたぶん、私のことを自分と似《に》た心の持ち主だと思っていたのでしょう。だけど私はついていないことに、箱のなかのヒツジを見る力なんて持ち合わせていないのです。おそらく私は、ちょっとばかり大人になってしまったのでしょう。年をとってしまったのです。

5

毎日すこしずつですが、小さな王子さまが住《す》んでいた星のことや、そこからどうして彼が出発したのか、また彼の旅の日々がどんなふうだったかについて、私は知るようになりました。王子さまがたまたま話してくれたことをヒントにして考えているうち、ほんとうにゆっくりと、すこしずつわかってきたのです。こうして三日目、私はバオバブの話を彼から聞きました。

今度もまた、ヒツジのおかげでした。小さな王子さまは重大な問題にぶつかったという感じで、いきなり私にたずねてきたのです。

「ねえ、ほんとうなんでしょう？　ヒツジが小さな木を食べるって」

「うん。ほんとうだよ」

「ああ、よかった！」

ヒツジが小さな木を食べることがどうしてそんなに問題になっているのか、私にはわかりませんでした。でも、王子さまはそこでこう言ったのです。

「それなら、ヒツジはバオバブも食べるよね？」

私は王子さまに教えてあげました。バオバブは小さな木ではないこと。むしろ教会みたいに大きな木で、王子さまがゾウの群《む》れを連れていったとしても、一本のバオバブのてっぺんにはとうてい届《とど》かないので、葉っぱは食べきれないということを。

ゾウの群《む》れというたとえ話に、王子さまは笑い声をあげました。

「それならゾウの背中《せなか》に、また別のゾウを乗せないとい

けないね……」

でも、王子さまはひとしきり考えたという口調でこんなことを言いました。

「バオバブだって、大きくなる前はちびっこだったんだ」

「そのとおりだよ！　でも、なぜきみはちびっこのバオバブをヒツジに食べさせたいの？」

「そんなの、わかるでしょう！」

だれでも知っている当たり前のことじゃないか、といったふうに彼は答えました。どういうことなのかわからない私は、この問題を一人で解《と》くために、頭をフル回転させなければなりませんでした。

その結果、わかったのはこういうことです。すべての惑星《わくせい》と同じように、小さな王子さまの星にもいい草とわるい草が生えていたのです。いい草のいい種と、わるい草のわるい種があるのだから、どうしてもそうなってしまいますよね。でも、種のときは人の目には見えないものです。地面の下のかくれたところで種はねむっています。そのうちの一粒が、目をさますことを気まぐれに思いつくまでは。

種は背《せ》のびをして、まずは太陽のほうに向かっておずおずと芽をのばしていきます。

美しくて、たけだけしさなんてどこにもない小さな芽です。もしそれが、二十日《はつか》大根《だいこん》やバラの芽だったら、そのままほうっておいて、のびたいようにのばしてやればいいのです。でもそれがわるい植物だったら、そうだとわかったときにすぐ引《ひ》き抜《ぬ》かなければいけません。

実は、小さな王子さまの星には、おそろしい種がありました。それがバオバブの種だったのです。星の土にはその種がはびこっていました。バオバブが大きくなったらもう手おくれです。打つ手がなくなります。星全体がバオバブでいっぱいになってしまうのです。バオバブは、その根っこで星に穴《あな》をあけてしまいます。もしすごく小さな星にたくさんのバオバブが生えたら、こなごなにこわれてしまうことでしょう。

「問題は、きっちり習慣《しゅうかん》づけるかどうかってことだよ」と、王子さまはあとになってから私に言いました。「朝、顔をあらって身《み》づくろいをしたら、星の手入れもていねいにやってあげないといけないんだ。バラとの見わけがつくようになったら、バオバブをこまめに引《ひ》き抜《ぬ》くことを習慣《しゅうかん》にするんだよ。バオバブとバラは芽を出したころは似《に》ていて、どっちがどっちなんだかよくわからないからね。おもしろくはないけれど、とても簡単《かんたん》な作業だよ」

王子さまはある日、私の星の子どもたちがバオバブのことを頭に入れておくために、きちんとした絵を描《か》いておくべきだと言いました。「いつか子どもたちが旅をするとき、きっとその絵が役に立つよ。自分の仕事をあとまわしにしても、つごうのわるいことにはならない場合もある。でも、それがもしバオバブなら、まちがいなく取りかえしがつかないことになるんだ。ぼくは、なまけ者が住《す》んでいた星を知っていた。その人は、三本のバオバブの木をほうったらかしにしていたんだ。それで……」

私は王子さまが教えてくれたように、そのなまけ者の星を描《か》いてみました。ほんとうは、お説教やさんのようなものの言いかたが私は好きではありません。でも、バオバブの木がどれだけあぶないのかはあまりに知られていませんので、小さな星に迷《まよ》いこんだ人がなにもやらないとたいへんなことになります。ですから、一度だけ自分のいましめをやぶることにします。私はこう言いたいのです。

「子どもたちよ！　バオバブには気をつけるんだ！」

ずいぶんむかしから危険《きけん》ととなり合わせだったのに、私も友だちもそれを知らなかったのです。だからみなさんに注意してもらいたくて、この絵を一生けんめいに描《か》きました。ここで伝えたことをみなさんに知ってもらえるのなら、汗《あせ》を流したぶんだけの価値《かち》があると私は思います。みなさんはたぶん、「なぜこの本には、このバオバブの絵みたいに堂々としたのがほかにないのだろう？」と疑問《ぎもん》に思ったかもしれません。答えはとても簡単《かんたん》です。がんばってみたけれど、そうはならなかったのです。バオバブの絵を描《か》いていたときは、どうしてもこの危険性《きけんせい》を伝えなければいけないという気持ちに突《つ》き動かされていたのでしょう。

6

ああ、小さな王子さま！　私はこうして、ささやかでものうげだったきみの暮《く》らしぶりをだんだんと知るようになっていったのです。長いあいだ、きみは夕陽のやさしげな光につつまれることだけが気晴らしだったのですね。四日目の朝、きみが話してくれて、私はこのことをはじめて知りました。

「ぼくは夕陽がすごく好きなんだ。ねえ、いっしょに見ようよ……」

「でも、待たないとね……」

「なにを待つの？」

「太陽がしずむのを待つんだよ」

きみはそこでまず、とても驚《おどろ》いたようでした。それからきみは自分自身を笑い、私にこう言いました。

「まだ、自分の星にいるつもりだった！」

なるほど、そういうことだったのですね。だれでも知っているとおり、アメリカ合衆国《がっしゅうこく》が昼の十二時なら、フランスでは太陽がしずむころです。その夕陽を見とどけたいのなら、一分でフランスまで飛んでいけばいいのです。でも残念なことに、フランスはすごく遠いから、これは無理です。だけど、王子さまの星がほんとうに小さいのなら、椅子《いす》を引《ひ》っ張《ぱ》って数歩あるくだけで充分《じゅうぶん》です。そうすれば、王子さまは見たいだけ何度でも夕陽をのぞむことができます。

「いつだったか、ぼくは、夕陽を四十四回も見たんだ！」

そして王子さまはすこしだまってから、こう言いました。

「あのさ……ほんとうにかなしいときは、夕陽を見たくなるね……」

「四十四回も夕陽を見たその日は、それならほんとうにかなしかったんだね？」

でも、小さな王子さまはなにも答えてくれませんでした。

7

五日目もそうでした。王子さまがどんなふうに暮《く》らしてきたのか、またもやヒツジのおかげでその秘密《ひみつ》があきらかになったのです。王子さまはなんの前ぶれもなしに、私にこう聞いてきました。まるで、長いあいだ静《しず》かに考えていた問いかけが、果実《かじつ》になって転がりでたかのように。

「ヒツジがもし、背《せ》の低い木を食べるのだとしたら、お花も食べちゃうかな？」

「ヒツジは出会うものはなんでも食べちゃうよ」

「とげのある花も？」

「うん。とげのある花でも」

「それならとげは、なんのためにあるの？」

そんなこと、私にはわかりませんでした。私はそのとき、エンジンにあまりにきつくはまりこんでいるボルトをゆるめようとして、歯をくいしばっているところだったのです。エンジンの故障《こしょう》がとても深刻《しんこく》なものであることがわかってきて、私はものすごくあせっていました。飲み水も底をつきそうで、最悪の事態《じたい》をも考えはじめていたのです。

「ねえ、とげはなんのためにあるの？」

王子さまは一度質問《しつもん》をすると、その答えを聞くまで絶対《ぜったい》にあきらめません。私はボルトのことでいらいらしていたので、どうでもいいような返事をしました。

「とげなんて、なにかのためにあるわけじゃないよ。花のいじわるな心がとげになったんだ！」

「ええっ！」

王子さまはだまりこんだあと、怒《おこ》ったふうに言いかえしてきました。

「そんなの信じないよ。花はよわいんだ。傷《きず》つきやすいんだ。大丈夫だって安心したいんだ。とげを持つことで、自分たちは強いと信じたいんだ……」

私はなにも答えませんでした。このとき、私は修理《しゅうり》のことに思いをはせていたのです。

――このボルトがまだふんばるようなら、ハンマーの一撃《いちげき》でふっとばしてやる。

そんなふうに考えこむ私を、また王子さまがじゃましました。

「ねえ、ほんとうにそう思っているの？　花はね……」

「ちがう！　ちがうよ！　そう思っちゃいないさ！　どうでもいいと思って言っただけだ。私は今、まじめなことでいそがしいんだよ！」

彼は私を驚《おどろ》いた顔で見ました。

「まじめなことだって！」

ハンマーを手に、オイルで指が真《ま》っ黒《くろ》になっている私を彼は見ました。彼からすれば、とても奇怪《きかい》な物体の上にかがみこんでいる私をです。

「あなたは、大人みたいな話しかたをするんだね！」

そう言われて、私はちょっぴり恥《は》ずかしくなりました。でも、彼は容赦《ようしゃ》なくこう続けたのです。

「あなたはまちがってるよ……なにもかもごちゃまぜだ！」

彼はほんとうにひどく怒《おこ》っていました。金色の髪《かみ》を風に向けて振《ふ》りまわしました。

「ぼくは赤《あか》ら顔《がお》の男が住《す》む星を知っているんだ。彼は花の香《かお》りをかいだこともないし、星をながめたことだってない。だれ一人愛したこともないんだ。なにもやらないんだよ、計算以外は。それで彼は一日じゅうずっとあなたみたいなことを言っている。私はまじめな人間なんだ！　私はまじめな人間なんだ！　そんなことを言って、傲慢《ごうまん》さでぱんぱんにふくらんでいる。あれは人間じゃない。きのこだ！」

「え？　なんだって？」

「きのこだ！」

王子さまは怒《いか》りのあまり、今や真《ま》っ青《さお》な顔になっていました。

「花は何百万年も前からとげを身につけてきたんだよ。ヒツジたちも何百万年も前から花を食べてきた。とげがまったく役に立たないのなら、花がわざわざ苦労してそれを身につけようとしたのはどうしてなのか、その理由《りゆう》を知ろうとするのはまじめではないというの？　ヒツジと花との戦いはどうでもいいことだというの？　太った赤ら顔《あかがお》のおじさんがする計算よりまじめでもないし、大事でもないというの？　それに、もしぼくが知っているこの世に一輪だけの、ぼくの星以外にはどこにも生えていないその花が、ある朝、自分がなにをしているのかさえわからない小ヒツジにぱくっと食べられて消えてしまうかもしれないとしても、それは大事なことではないというの！」

彼は真《ま》っ赤《か》な顔になって、言葉を続けました。

「何百万もある星のなかで、たったひとつの星にしかない花を愛している人がいたとしたら、その人は星空を見るだけで幸せな気持ちになるよ。ああ、この星々のどこかにぼくの花があるんだって……。でも、もしヒツジが花を食べちゃったら、その人にとっては、突然《とつぜん》すべての星が消えてしまうようなものだよ。それでも大事じゃないというの！」

王子さまはそれ以上話せませんでした。ふいに声をあげて、泣きはじめたのです。もう夜になっていました。私はすでに工具をほうりだしていました。ハンマーやボルト、それにのどの渇《かわ》きや死も、すべてどうでもいいことのように思えたのです。

ひとつの星、この惑星《わくせい》、私の星である地球の上に、なぐさめてあげなければいけない一人の王子さまがいました。私は王子さまを腕《うで》に抱《だ》き、ゆすってやりました。「きみがいとおしく思うその花は、あぶないことなんかにはならない。私がきみのヒツジのための口輪《くちわ》を描《か》いてあげよう。花のためにはおおいを描《か》いてあげる……私が……」

なにを言えばいいのか、私にはもうわかりませんでした。自分のことがひどく軽率《けいそつ》に感じられました。王子さまとどうしたらもう一度仲良くなれるのか、わかりませんでした。ほんとうに不思議です。涙《なみだ》の国というやつは！

8

私はそれからすぐ、この花についてもっとよく知ることになりました。王子さまの星には、これまでにも花々が咲《さ》いていたのです。一重《ひとえ》だけの花びらで身をかざるとても素朴《そぼく》な花です。まったく場所をとらないし、だれのじゃまもしない花。朝、草のあいだから顔を出し、夜になるとしぼんでしまう花です。だけどある日のこと、どこから運ばれてきたのかわからない種が芽を出しました。王子さまはこれまでの花のものとは似《に》ていないその若木《わかぎ》に顔を近づけ、じっと観察《かんさつ》をしました。新しい種類のバオバブかもしれなかったからです。

しかし、その若木《わかぎ》はすぐにのびるのをやめ、一輪の花を咲《さ》かせる準備《じゅんび》をはじめました。とても大きなつぼみがついたのを見た王子さまは、奇跡《きせき》のような花が咲《さ》くものだと思い

ました。でも、その花は美しくなるための準備《じゅんび》をいつまでもやめようとせず、緑色の寝室《しんしつ》にかくれ続けたのです。花は、念を入れて自分の色を選んでいたのでした。ゆっくりとよそおい、花びらを一枚ずつ重ね合わせていたのです。花は、ひなげしのようなしわくちゃの姿《すがた》では登場したくなかったのです。自分自身の美しさが周囲にまで光りかがやく、そのまぶしさのなかで生まれたかったのです。

そう！　彼女はとてもおしゃれさんでした！　神秘的《しんぴてき》な身《み》づくろいは何日も何日も続きました。そしてある朝、ちょうど陽がのぼるときに彼女は咲《さ》いたのです。

こまやかで完璧《かんぺき》なよそおいとなった彼女は、あくびをしながらこう言いました。

「ああ、やっと目がさめましたわ……許《ゆる》してくださいね……あたし、まだ髪《かみ》もととのえていなくて……」

王子さまは彼女への好意と驚《おどろ》きをおさえることができませんでした。

「きみはなんて美しいんだ！」

「そうでしょう」と、花は甘ったるい声で答えました。「だって、あたし、おひさまといっしょに生まれてきたんですもの」

王子さまは、彼女がとてもつつしみ深い、というわけではないことをすぐに見ぬきました。それでも、彼女の美しさはあまりに感動的だったのです。

「あたしが思うに、朝ご飯の時間よね」と、彼女がつぶやきました。
「もしあなたにお心がおありなら、あたしのことも考えてくださらないかしら」
王子さまはすごくドギマギしながらじょうろを取りにいき、冷たい水を花にかけてあげたのでした。
こうして王子さまは、すこし感じやすく、うぬぼれやさんである花によって、しだいに苦しめられるようになって

いったのです。たとえばある日のこと、花は自分の四本のとげのことで、王子さまにこう言いました。

「するどい爪《つめ》をむきだしにしたトラがきても、とげのおかげで大丈夫ですわ」

「ぼくの星にはトラなんていないよ」と、王子さまが反論《はんろん》しました。

「それに、トラは草なんて食べないよ」

「あたしは、草ではありませんわよ」

花がゆっくりとした口調でそう言いかえしました。

「あ、ごめんなさい」

「あたし、トラはこわくありませんけれど、吹《ふ》きつける風がいやなんです。あなた、風よけをお持ちじゃない？」

風がいやだなんて、植物なのにふびんだよなあ。と、王子さまは思いました。この花はずいぶんややこしい性格《せいかく》だなあ、とも思いました。

「夜になったら、ガラスのおおいをあたしにかぶせてくださいね。あなたのところ、とても寒いんです。住《す》むのに向いていないわ。あたしが前にいたところはね……」

でも、花はそこで口をつぐんでしまいました。彼女は種の姿《すがた》でこの星にやってきたのですから、ほかの世界を知っているはずがなかったのです。見えすいたうそをつこうとしたのがばれてしまったことの恥《は》ずかしさ。花はそれを王子さまのせいにしようとして、わざと二、三度コホンコホンと咳《せき》をしました。

「風よけはどうなったのよ？」

「取りにいこうとしたら、きみが話しかけてきたんじゃないか！」

すると花はまたわざとコホンコホンと咳《せ》きこみました。どうしても王子さまを後悔《こうかい》させてやりたかったのです。

まっすぐに好意《こうい》を寄《よ》せていたにもかかわらず、小さな王子さ

まはそのうち花に対してうたがいを持つようになりました。とるにたらない彼女の言葉にゆさぶられ、とても不幸せになってしまったのです。

「彼女の言うことは聞かないほうがよかったのかもしれない」と、ある日王子さまは私に打ちあけました。

「花には耳をかたむけちゃいけないんだ。ながめて、香《かお》りをかぐためにあるんだよ。花はぼくの星をいい香《かお》りでいっぱいにしてくれた。でも、ぼくはその楽しみかたを知らなかったんだ。トラの爪《つめ》の話も、ほんとうにいらいらしちゃったけれど、もっとやわらかな気持ちで受けとめてあげるべきだったんだ……」

王子さまは打ちあけ話を続けました。

「つまり、ぼくはなにもわかっていなかったんだ！　花がぶつけてきた言葉ではなくて、花がしてくれたことで判断《はんだん》するべきだったんだ。彼女はぼくのまわりをいい香《かお》りでいっぱいにしてくれたし、ぼくを明るくしてくれた。ぼくは決して逃《に》げだすべきではなかったんだ。つまらない言い草の背後《はいご》にかくれた花のやさしさに気づくべきだったんだよ。花はとても矛盾《むじゅん》しているんだ！　おまけにぼくは幼《おさな》すぎて、花の愛しかたを知らなかったんだ」

9

王子さまは星から旅立つとき、渡《わた》り鳥《どり》の群《む》れを利用したのだと思います。出ていく日の朝、王子さまは自分の星をきちんとかたづけてきれいにしました。活火山はていねいに煤《すす》をはらってやりました。王子さまの星には二つの活火山があったのです。火山は朝ご飯をあたためるのにとても便利でした。しずまった休火山もひとつありました。でも、王子さまは、「このさきどうなるかはだれもわからないよ！」と考えていたので、火の消えたこの火山も同じように煤《すす》をはらってやりました。煤《すす》をしっかりはらっておけば、火山はおだやかに、そして定期的に火を吐《は》くのです。噴火《ふんか》はしません。火山の噴火《ふんか》は、煤《すす》がたまった煙突《えんとつ》から火が出るようなものなのです。もちろん、この地球では、火山の煤《すす》はらいをするには私たちはあまりに小さすぎます。地球の火山が噴火《ふんか》して大きな面倒《めんどう》を引き起こすのは、そういうわけなのです。

ちょっとゆううつな気持ちになりながら、王子さまは最後のバオバブの芽を引《ひ》き抜《ぬ》きました。王子さまは、この星には決して戻《もど》ってくることはないだろうと思っていたのです。煤《すす》はらいも芽を引《ひ》き抜《ぬ》くのも慣《な》れ親しんでいた作業でしたのに、この朝は胸《むね》にせまってきて、せつなくなりました。花に最後の水をあげ、かぶせてあげるガラスのおおいを用意すると、王子さまは泣きたい気持ちになっていることに気がついたのです。

「さよなら」と、王子さまは花に言いました。

でも、花からの返事はありませんでした。

「さよなら」と、王子さまは繰《く》りかえしました。

花はそこでコホンと咳《せき》をしました。でも、風邪《かぜ》をひいたせいではありませんでした。

「あたしがばかだったわ」

ようやく花が王子さまに語りかけました。

「許《ゆる》してちょうだいね。あなた、がんばって幸せになってね」

王子さまは驚《おどろ》きました。自分を責《せ》める言葉がなかったからです。王子さまはどうしたらいいのかわからなくなり、ガラスのおおいを手に持ったまま立《た》ちつくしてしまいました。花がやさしくおだやかであることが、王子さまには理解《りかい》できなかったのです。

「だって、あたし、あなたを愛しているの」と、花は彼につげました。「あなたはなにもわかっていなかった。それは、あたしがわるかったの。ええ、もう、どうでもいいことだけれど。でも、あなただって、あたしと同じくらいばかよ。がんばって幸せになってね。ガラスのおおいはそこにそっと置いておいて。もういらないから」

「でも、風が吹《ふ》いたら……」

「そんなに具合がわるいってわけじゃないわ。夜の冷たい風が、あたしを元気にしてくれる。だって、あたし、花なのよ」

「でも、虫がやってきたりしたら……」

「チョウに会いたいなら、アオムシの二匹や三匹は受けいれてあげなきゃ。チョウ、ほんとうにきれいでしょうね。だって、チョウ以外のだれがあたしに会いにきてくれるというの。あなたは遠くに行くんでしょう。大きな動物がきても、あたしは大丈夫。あたしだって、爪《つめ》を持っているわ」

花は無邪気《むじゃき》に四本のとげを見せました。そしてこう言ったのです。

「そんなふうに未練《みれん》がましくしていないでよ。いらつくわね。あなた、行くと決めたんでしょう。行きなさいよ！」
彼女は泣いているところを王子さまに見られたくなかったのです。ほんとうに自尊《じそん》心《しん》の強い花だったのです。

10

王子さまは、小惑星《しょうわくせい》325、326、327、328、329、それから330のあたりにたどり着きました。そして仕事をさがしたり、ものごとを学んだりするために、それらの星をたずねてみることにしたのです。

最初にたずねた星には、王さまが住《す》んでいました。王さまは緋色《ひいろ》の衣装《いしょう》とオコジョの白い毛皮をまとい、簡単《かんたん》なつくりだけれど荘厳《そうごん》なおもむきの玉座《ぎょくざ》にすわり、堂々としていました。

「おお、家来《けらい》がきよったわ！」

王子さまを見かけると、王さまはさけびました。王子さまはおかしいなと思いました。

「どうしてぼくのことを家来《けらい》だと思ったのだろう。これまで会ったことがないのに」

王子さまは知らなかったのです。王さまたちにとって、世の中がすごく単純《たんじゅん》にできているということを。自分以外のすべての人間は、王さまたちの家来《けらい》なのです。

「近くに寄《よ》るがよいわ。もっと、そちの顔がよく見えるようにのう」と、王さまは言いました。

ついに家来《けらい》があらわれ、王としてふるまえる。王さまはそのほこりで胸《むね》がぱんぱんにふくらんでいるのです。

王子さまはあたりを見回してすわる場所をさがそうとしましたが、王さまのおごそかな毛皮のマントが星をおおっています。しかたがないので王子さまは立っていました。そして疲《つか》れていたために、あくびをしてしまったのです。

「こりゃ、礼儀《れいぎ》に反しておるぞ。王であるわしの目の前であくびをするとは」

この君主は、王子さまに言いはなちました。

「わしは、そちにあくびすることを禁《きん》ずる」

「我慢《がまん》できなかったのです」と、小さな王子さまはさらに小さくなって答えました。「長い旅をしていたのです。寝《ね》ていなかったもので……」

「それなら」と王さまは言いました。「わしはそちに、あくびすることを命ずる。もうずいぶんと長いあいだ、わしはあくびをする人間を見ていないのじゃ。わしにとってあくびはおもしろい見せ物じゃ！　さあ、やれ！　もう一回あくびをするがよい。これは命令じゃ」

「そんな、おそれおおくて……もうできません」

王子さまは真《ま》っ赤《か》になってしまいました。

「うむ、うむ。それなら、わしはそちに命ずる。ときにはあくびをし、ときには……」

王さまはそこですこし口ごもりました。気をわるくしたようにも見えました。なぜなら王さまは、自身の権威《けんい》がたいせつにされることをなによりものぞんでいたからです。自分に従《したが》わないなんて許《ゆる》しがたかったのです。とにかく、絶対《ぜったい》に従《したが》ってもらいたいのが王というものなのです。ただ、王さまはすごく良い性格《せいかく》をしていましたので、理屈《りくつ》の通らない命令はしませんでした。

「もし、わしが命じたとして」と、王さまはよどみなく言いはじめました。「もし、わしが将軍《しょうぐん》に、海鳥《うみどり》にかわるように命じたとしてじゃ。それで将軍《しょうぐん》が従《したが》わなかったら、それは将軍《しょうぐん》がわるいのでない。わしのあやまちなのじゃ」

「ぼく、すわっていいですか？」

王子さまがおどおどしながらたずねました。

「わしは、そちにすわることを命ずる」

毛皮のマントのすそを堂々としたそぶりで引《ひ》き寄《よ》せ、王さまはそう言いました。王子さまはそこでびっくりぎょうてんしました。星がとても小さかったのです。こんなにちっぽけな星で、王さまはなにを支配《しはい》しているのでしょう。

「陛下《へいか》」と王子さまは呼《よ》びかけました。「失礼ですが、質問《しつもん》してもいいですか？」

「そちがわしに質問《しつもん》することを命ずる」と、王さまは急いで言いました。

「陛下《へいか》、いったいなにを統治《とうち》なさっているのですか？」

「すべてじゃ」と、王さまはいっさいの迷《まよ》いなく答えました。

「すべて、ですか？」

王さまはひかえめな仕草で、自分の星とまわりの星々、そして夜空のすべての星々を指さしてみせました。そして、「そう。このすべてじゃ」と、答えたのです。なぜなら、王さまはこの星の王であるだけではなく、宇宙《うちゅう》全体の王でもあるからです。

「それなら、星々もみな、王さまに従《したが》うのですね？」

「当たり前じゃ」と、王さまは王子さまに言いました。「星々もみな従《したが》うわい。わしに従《したが》わんなど、わしは許《ゆる》さん」

それほどまでの権力《けんりょく》なのかと、王子さまは感服《かんぷく》してしまいました。もし王子さま自身がその力を持っていたなら、一日四十四回どころか、七十二回だって、いや、百回だって二百回だって夕陽を見ることができたでしょう。しかも椅子《いす》をずらすことなく！　そう考えると、王子さまは自分があとにしてきた星の思い出につつまれ、すこしかなしい気分になってしまいました。そこで、大胆《だいたん》にも王さまにおねがいごとをしてみたのです。

「ぼくは夕陽が見たいのです……おねがいです……太陽にしずむように命じてくれませんか……」

「もし、わしが将軍《しょうぐん》に向かって、花から花へとチョウのように飛べと命じたら、または悲劇《ひげき》の脚本《きゃくほん》を書けと命じたら、あるいは海鳥《うみどり》に変身しろと命じたら、そしてその命令を将軍《しょうぐん》が実行できなかったとしたらじゃ、あやまっているのは将軍《しょうぐん》であろうか、わしであろうか？」

「それは陛下《へいか》です」と、王子さまは自信をもって答えました。

「そのとおりじゃ。それぞれができることを、それぞれに要求せねばならぬわい」と王さまは語りました。「権威《けんい》というものは、まず、理屈《りくつ》にかなうことで成り立つのじゃ。

もし、そちが人々に向かって海に飛びこめと命じたら、そちを倒《たお》すための革命《かくめい》が起こるだろうて。わしに従《したが》えとみなに要求できるのは、わしの命令が理屈《りくつ》にかなっているからなのじゃ」

「それで、ぼくの夕陽はどうなりますか?」と、王子さまはまたそこへ話を戻《もど》しました。一度した質問《しつもん》を、王子さまは絶対《ぜったい》に忘《わす》れないのです。

「そちの夕陽か。それはそちのものだわい。わしが太陽に命じよう。だが、今ではない。わしはわしの統治《とうち》の方法で、そのときを待つのだ。条件がととのうときをのう」

「それはいつなんですか?」と、王子さまは聞きました。

「うむ! うむ!」と、王さまはまず大きなカレンダーを見ました。「うむ! うむ! それはおそらく……おそらく……今夜の七時四十分くらいじゃのう。そのとき、太陽がわしによく従《したが》っておるのをそちは見るであろう」

王子さまはあくびをしました。目の前に夕陽がないのを残念だと思いました。そしてもはや、退屈《たいくつ》だなあと感じはじめたのです。

「ぼく、もうここではなにもすることがなくなっちゃいました」と、王子さまは王さまに言いました。「ぼく、もう行きますね！」

「行ってはいかん」と、家来《けらい》を得《え》たほこりで胸《むね》がぱんぱんにふくらんでいた王さまは言いました。「行ってはいかん。そちを大臣《だいじん》にしよう！」

「大臣《だいじん》って、なんの？」

「うーむ……法務大臣《ほうむだいじん》じゃ！」

「でも、裁判《さいばん》を受ける人なんて、ここにはいませんよ！」

「そりゃわからんわい」と王さまは答えました。

「わしはまだ、わしの王国をひとまわりしたことがないのじゃ。わしは年をとりすぎた。ここには四輪馬車を置く場所もないしのう。歩いてまわれば疲《つか》れるわい」

「あれ！　ぼく、もう王国を見ちゃいましたよ」と王子さまは言い、体をかたむけてこの星の裏側《うらがわ》をふたたびちらりとのぞきました。

「あっちにもだれもいませんよ」

「ならば、そちはそち自身をさばけばよい」

王さまは王子さまにそう言いました。「それがもっともむずかしいことじゃ。他人をさばくよりも、自分をさばくほうがずっとむずかしいのじゃ。もしもそちが自分自身をきっちりさばけたら、そちはほんとうの賢者《けんじゃ》ということになるわい」

「ぼくは」と、王子さまは言いました。「ぼくはどこにいたって、自分をさばけると思いますよ。この星にいる必要はないです」

「うむ！　うむ！　わしが思うに、この星のどこかに年老《お》いたネズミが一匹住《す》み着いておるんじゃ。夜になるとやつの足音が聞こえるからのう。そちは、この老《お》いぼれネズミをさばくがよいわ。ときどき、死刑《しけい》だと言ってやればよい。そうなれば、やつの命はそちのさばきしだいということになる。だが、そのたびに特別に許《ゆる》してやることじゃ。ネズミは一匹しかおらんのだから、大事にせねばならん」

「ぼくは」と王子さまは言いました。「死刑《しけい》なんて宣告《せんこく》するの、いやです。ぼく、もう行ったほうがいいと思います」

「だめじゃ」と王さまが言いはりました。

王子さまは旅立つ用意ができていましたが、この老《お》いた王さまを苦しめたいとはちっとも思いませんでした。

「皇帝陛下《こうていへいか》、もし陛下《へいか》の命令がきっちり守られることをおのぞみでしたら、理屈《りくつ》にかなった命令をぼくに与えてくださいますか。たとえば、一分以内に旅立て、なんて命令をしてくださいますか。条件《じょうけん》はととのっております……」

王さまはひとことも答えませんでした。すると、王さまはすこしためらいましたが、ため息をつきながら出発しようとしました。王子さまはあわててさけんだのでした。

「そちを、わしの外交大使《がいこうたいし》に任命《にんめい》しよう」

王さまは堂々として、威厳《いげん》に満ちて見えました。

「大人って、すごくへんだな」

王子さまは旅を続けながら、そうつぶやきました。

II

二番目の星には、みえっぱりのうぬぼれ男が住《す》んでいました。

「ああ、ほら、ついにやってきたぜ！　このおれをほめたたえるやつが！」

遠くから王子さまを見かけるなり、うぬぼれ男はそうさけびました。

というのも、うぬぼれ男にとっては、すべての人間は自分をほめたたえるためにいるのです。

「こんにちは」と王子さまは言いました。「かわった帽子《ぼうし》をかぶっていますね」

「これはあいさつをするための帽子《ぼうし》なんだぜ」と、うぬぼれ男は返事をしました。

「拍手喝采《はくしゅかっさい》されると、この帽子《ぼうし》をつかってこたえるんだぜ。ただ、おしいことに、だれ一人ここを通らないんだけどな」

「ああ？　はい？」と、わけがわからなくなった王子さまは聞きかえしました。

「片方《かたほう》の手に、もう片方《かたほう》の手をぶちあてればいいんだぜ」

うぬぼれ男は王子さまに拍手喝采《はくしゅかっさい》の方法を教えてあげました。王子さまは片方《かたほう》の手ともう片方《かたほう》の手を打ち合わせ、ぱちぱちと叩《たた》いてみました。するとうぬぼれ男は帽子《ぼうし》を頭の上にあげ、ちょっとひかえめな感じのあいさつをしてみせました。

「これは、王さまの星をたずねるよりおもしろいや」と、王子さまは胸《むね》のなかで思いました。そして片方《かたほう》の手ともう片方《かたほう》の手をまたぱちぱちと打ち鳴らしはじめました。うぬぼれ男も帽子《ぼうし》を取ってふたたびあいさつを続けます。

五分ほどもやっていると、王子さまはかわりばえのないこの遊びにあきてしまいました。

「ねえ、その帽子《ぼうし》を落とすには、どうしたらいいの？」

だが、うぬぼれ男は返事をしませんでした。うぬぼれ男の耳には自分をほめたたえる言葉しか入らないのです。

「お前な、おれのことをほんとうに盛大《せいだい》にほめたたえているのか？」

うぬぼれ男は王子さまにたずねました。

「ほめたたえるって、どういうこと？」

「ほめたたえるってのは、おれがこの星で一番美しくて、一番おしゃれさんで、一番金持ちで、一番教養《きょうよう》があるってことを、みとめるってことだぜ」

「でも、この星にはあなた一人だけしかいませんよね」

「それでも、おれをよろこばせてほしいんだぜ。おれをほめたたえてくれ！」

「ぼく、あなたをほめたたえますよ」と王子さまは肩《かた》をすくめながら言いました。「でも、いったいこれのどこがおもしろいの？」

そして王子さまはこの星を旅立ちました。

「大人って、もう絶対《ぜったい》にへんだよなあ」

王子さまは旅を続けながら、そうつぶやくのでした。

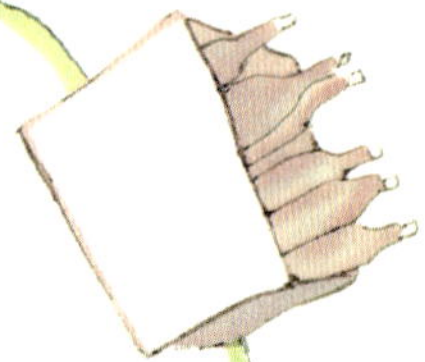

12

次の星には、一人の飲んだくれが住《す》んでいました。

王子さまがこの星にいた時間はとても短かったのです。でも、ここをおとずれたために、王子さまはひどく落ちこんだ気分になりました。

「そこでなにをしているの？」と、王子さまは飲んだくれにたずねました。空のビンと酒のたっぷり入ったビンがずらずらと並ぶ前で、飲んだくれはただだまってすわっていました。

「酒を飲んでるのですがな」と、飲んだくれはじめっと陰気《いんき》に答えました。

「なんで飲んでるの？」と王子さまは飲んだくれに聞きました。

「忘《わす》れるためですがな」と飲んだくれは答えました。

「なにを忘《わす》れるためなの？」と王子さまは聞きました。すでに王子さまは、この男に同情《どうじょう》していたのです。

「恥《は》ずかしいってことを、忘《わす》れるためですがな」

飲んだくれは、頭を落としてうなだれながらそう打ちあけました。

王子さまはこの男を助けてやりたくなり、そうたずねたのです。

「なにが恥《は》ずかしいの？」

「酒を飲むのが、恥《は》ずかしいのですがな！」

男はそう言って王子さまとの会話を断《た》ちきると、それを最後にすっかりだまりこんでしまいました。

王子さまは頭が混乱《こんらん》したまま、この星を去りました。

「大人ってやっぱり、絶対《ぜったい》にすごくすごくへんだよ」

旅を続けながら、王子さまはそうつぶやきました。

13

四番目は、実業家《じつぎょうか》の星でした。実業家《じつぎょうか》はとてもいそがしくて、王子さまが到着《とうちゃく》しても顔をあげないほどでした。

「こんにちは」と、王子さまは実業家《じつぎょうか》に言いました。「たばこの火が消えてますよ」

「三たす二は五や。五たす七は十二やろ。十二たす三は十五やんか。ああ、こんにちは。十五たす七は二十二や。二十二たす六は二十八や。たばこに火をつける時間もあらへんの。二十六たす五で三十一やろう。よっしゃ！　ほんなら五億百六十二万二千七百三十一いうことになるわ」

「五億のなに？」

「なんや？　まだそこにおったんかいな？　それはな、五億……ああ、もうわからへんようになってしもうた……とにかく、そんだけようさん仕事があるねん！　こっちはまじめにやっとるんやで！　おれはな、むだな話でよろこぶ人間とちゃうねん！　二たす五で七やろう……」

「五億のなに？」

一度聞いたら、その質問《しつもん》を絶対《ぜったい》にあきらめない王子さまはそう繰《く》りかえしました。

実業家《じつぎょうか》は顔をあげました。

「五十四年前からこの星に住《す》んどるけどな、仕事のじゃまをされたんは三回しかないわ。一回目は二十二年前や。コガネムシがどこかから落っこちてきよって、ぶんぶんぶんぶん飛び回ってのう。やかましいてやかましいて、足し算しとって四ヶ所もまちがえてしもうた。二回目は十一年前や。リューマチがしんどうてな。おれな、運動不足やねん。そのへんぶらつくひまもあらへんわ。ほんま、まじめなんやで、おれ。それで三回目はな……今や！　お前や！　それで、五億なんぼや……」

「五億のなに？」

実業家《じつぎょうか》は、平穏《へいおん》な時間はまったく期待できないということをそこで理解《りかい》しました。

「お空にときどき見える、何億ものちっこいやつやんか」

「ハエ?」

「ちゃう。きらきら光るちっこいやつや」

「ミツバチ?」

「アホな。金色に光るちっこいのやで。なまけ者に夢《ゆめ》を見さす、あれやんか。そやけどおれはまじめやから、夢《ゆめ》見てるひまはあらへんけどな」

「ああ! 星のこと?」

「そうや、決まってるやん。星やで」

「それで、五億の星をどうするの?」

「五億百六十二万二千七百三十一の星や。おれはまじめやねん。正確でもあるわな」

「五億の星をどうするの?」

「おれがどうするんかって?」

「うん」

「なんもせえへん。おれは星を所有《しょゆう》してるねん」

「星々を、所有《しょゆう》しているの？」

「そうや」

「でも、ぼくは王さまに会ったことがあるけれど、彼は……」

「王さまは所有《しょゆう》なんてせえへん。王さまいうもんはな、『統治《とうち》』するねん。そりゃ、ごっついちがいやで」

「それで、星を所有《しょゆう》すると、なんの役に立つの？」

「お金持ちになるのに役立つやんか」

「お金持ちになると、なんの役に立つの？」

「また他の星を買えるやん。だれかが新しい星を見つけたら」

「この人ったら」と、王子さまは胸《むね》のなかでささやきました。「前に会った酔《よ》っぱらいとちょっと似《に》たような理屈《りくつ》をこねるなあ」

それでもふたたび、王子さまは問いかけました。

「どうやって星を所有《しょゆう》するの？」

「星はだれのもんやと思う？」

実業家《じつぎょうか》は気むずかしい顔ですぐに言いかえしました。

「わからない。だれのものでもないよ」

「それやったら、星々はやっぱりおれのもんや。なんでかいうとな、おれがいっとう最初に、星を所有《しょゆう》するいうことを思いついたからや」

「それだけでいいの？」

「もちろんやで。だれのもんでもないダイヤモンドをお前が発見したら、そのダイヤモンドはお前のもんや。だれのもんでもない島をお前が発見したら、その島はお前のもんやんか。なにかグッドアイデアをお前が最初に考えだしたら、特許《とっきょ》を取ればええねん。お前のもんなんやからな。ほんでもっておれは、星々を所有《しょゆう》してるねん。なんでかいうたら、おれの前には星を所有《しょゆう》しようなんて思いついたやつは一人もおらんかったからや」

「それは、そうだろうけれど」と王子さまは言いました。

「それで、星々をどうするの？」

「管理するねん。星を数えてな、そんでまた数えて」と、実業家《じつぎょうか》は言いました。

「そりゃ、むずかしいねんで。そやけど、おれはまじめな人間やからできるねん！」

王子さまはまだ納得《なっとく》していませんでした。

「ぼくは思うんだけど、もしスカーフを所有《しょゆう》していたら、それを首に巻《ま》いて持っていけるよ。もし花を所有《しょゆう》していたら、それをつんで持っていける。でも、星はそんなふうに手に取れないよ！」

「そりゃできへんで。そやけど、銀行に置いておくことはできるわ」

「どういう意味？」

「どういうことかいうとやな、紙切れに星の数を書き入れるねん。そんでその紙を引き出しに入れて鍵《かぎ》かけとくねん」

「それだけ？」

「それでええねん！」

「おもしろいなあ」と王子さまは思いました。「すごく詩のようだなあ。でも、あまりまじめではないなあ」

王子さまは、まじめということについて、大人とはかなりちがった考えを持っているのです。

「ぼくは」と王子さまは言いました。「花を一輪持っているんだ。毎日水をあげる花だよ。それから毎週煤《すす》をはらう火山を三つ持っている。だって、火の消えた火山も煤《すす》はらいをするからね。いつ噴火《ふんか》するかわからないし。それで、煤《すす》はらいは火山の役に立っているし、水をあげるのは花のためだよ。所有《しょゆう》するってそういうことじゃないかな。でも、あなたは星のためになっていないよね……」

実業家《じつぎょうか》は口を開きましたが、言いかえす言葉は思いつきませんでした。王子さまはこの星から旅立ちました。

「大人って、もうほんとうに、ものすごくへんだよ」

王子さまは絶対《ぜったい》にそうだもんねと思いながら、旅を続けました。

14

五番目の星はとてもかわっていて、王子さまの心をひきつけました。ここは、これまでのどんな星よりも小さかったのです。たった一本の街燈《がいとう》と、その街燈《がいとう》に灯《ひ》をともしたり消したりするランプ係が一人。それだけでいっぱいになってしまう星だったのです。王子さまはこの星について、どうしてなんだろう？　と考え続けましたが、納得《なっとく》のいく答えを見つけることができませんでした。お空のどこかの、家も住人もいない星の上です。そんなところで、一本の街燈《がいとう》とそこに灯《ひ》をともしたり消したりする人がいったいなんの役に立つというのでしょう。それで、王子さまはこう思ってみることにしました。

「たぶんこの人は、ばかげたことをやっているんだ。でも、王さまやうぬぼれ男、実業家《じつぎょうか》や飲んだくれよりおかしくはない。すくなくとも、この人の仕事には意味がある。街燈《がいとう》に灯《ひ》をともせば、新しい星がひとつ生まれるみたいだ。一輪の花が咲《さ》くみたいだ。街燈《がいとう》の灯《ひ》を消せば、花や星をねむらせるみたいだし。これはとてもステキな仕事だよ。

そしてほんとうに役に立つ。だって、ステキなんだから」

星に到着《とうちゃく》すると、王子さまは敬意《けいい》をもって、ランプ係にあいさつをしました。

「こんにちは。あの、今、どうしてあなたは街燈《がいとう》の灯《ひ》を消したのですか？」

「そりゃ、命令だっぺよ」と、ランプ係は答えました。「これで、おはようさん、だな」

「命令って、どういうこと？」

「おらの街燈《がいとう》の灯《ひ》を消すことだっぺ。これで、こんばんは、だな」

そして彼はまた灯《ひ》をともしたのです。

「でも、どうしてまた灯《ひ》をともしたの？」

「だから、命令だっぺよ」と、ランプ係は答えました。

「ぼく、わけがわかんないや」と王子さまは言いました。

「わけなんて、ねえっぺ」と、ランプ係が答えました。「命令ったら、命令だっぺ。これで、おはようさん、だな」

彼はまた街燈《がいとう》の灯《ひ》を消しました。そして、赤いチェック柄《がら》のハンカチでひたいをぬぐいました。

「おらはここで、ひどい仕事をしてんだ。むかしはよかったっぺ。朝になったら消して、夜になったら灯《ひ》をともす。昼ののこりの時間は休めたしな、夜ののこりの時間は寝《ね》れたっぺよ……」

「それなら、そのころから命令がかわったの？」

「命令はかわってないっぺ」と、ランプ係は答えました。

「そこが悲劇《ひげき》の悲劇《ひげき》たるゆえんだっぺ！　この星は毎年、毎年、毎年よ、どんどんどんどん速く回るようになっちまって、それなのに命令がかわらないんだっぺ！」

「それで？」と王子さまが聞きました。

「それでよ、今はこの星、一分に一度回るんだ。おらはもう、休める時間が一秒たりともねえ。ともして、消して。これを一分に一度だっぺ！」

「それはおかしいなあ！　あなたのこの星では一日がたった一分！」

「全然おかしくねえっぺ」と、ランプ係が言いました。

「おらたち、もう一ヶ月も話しこんでんだっぺよ」

「一ヶ月？」

「んだ。三十分よ。ってことは、三十日だっぺ！　これで、こんばんは、だな」

そこで彼はふたたび街燈《がいとう》に灯《ひ》をともしました。

王子さまは、ともしたり消したりするランプ係をじっと見つめました。そして、命令にこんなにも忠実《ちゅうじつ》なランプ係を好きだと思いました。自分の星でかつて、椅子《いす》をずらしながら何度も夕陽を見ようとしたことを王子さまは思いだしたのです。王子さまはこの友だちを助けたくなりました。

「あの……ぼくは、あなたが休みたいときに休める方法を知っていますよ」

「休みてえって、おら、いつも思ってっぺよ」と、ランプ係は言いました。

それはそうでしょう。一人の人間のなかには、つくしたいという気持ちと、なまけたいという気持ちの両方があるものです。

王子さまが言葉を続けました。

「あなたの星はものすごく小さいですよね。三回またげば一周しちゃうくらい。だから、ゆっくり歩くだけでいいんです。いつも太陽に向かうようにして。休みたいときは歩く……そうすれば、のぞんだぶんだけ昼が続きますよ」

「それは、あんまり大した方法じゃねえっぺよ」と、ランプ係は言いました。「だってよ、おらがほんとうにしてえのは、ねむることなんだっぺもの」

「ああ、それじゃ、だめかあ」と、王子さまが言いました。

「んだ。それじゃ、だめだあ」と、ランプ係が答えました。

「これで、こんにちは、だな」

そして彼は、街燈《がいとう》の灯《ひ》を消しました。

そのあと、王子さまは長い旅を続けながら、こんなふうに思いました。

「ともしたり消したりするあの人は、他のみんなから見下されるのだろうな。王さまからもうぬぼれ男からも、飲んだくれや実業家《じつぎょうか》からも。だけど、あの人はぼくがばかげているとは思わなかったただ一人の人だ。それはたぶん、あの人が自分のためではないことで汗《あせ》を流しているからだ」

なんだか残念な気持ちになり、王子さまはため息をつきました。そしてまた、こんなふうに思ったのです。

「あの人は、ぼくの友だちになれたかもしれないただ一人の人だ。でも、あの人の星はほんとうにものすごく小さい。二人で暮《く》らす場所なんかないや……」

王子さまがあえて打ちあけなかったのは、この星を去ったことを悔《く》やんでいるもっと別の理由《りゆう》です。なぜなら、この星では一日二十四時間のあいだに、千四百四十回も夕陽が見られるのですから！

15

六番目の星は、ランプ係の星の十倍もの大きさでした。この星には老《お》いた紳士《しんし》が住《す》んでいて、大きな本に向かってなにやら書きこんでいました。

「おや！　探検家《たんけんか》のおでましか！」

王子さまをひとめ見るなり、紳士《しんし》は大きな声をあげました。王子さまは机《つくえ》の上にすわり、すこし息をつきました。ここまでずいぶん長く旅をしてきたのです。

「どこからおいでなさった？」と、老紳士《ろうしんし》は王子さまにたずねました。

「この大きな本はなんですか？」と王子さまは聞きました。

「ここでなにをしているのですか?」

「私は地理学者《ちりがくしゃ》だよ」と、老紳士《ろうしんし》は答えました。

「地理学者《ちりがくしゃ》ってなに?」

「海や川、街や山や砂漠《さばく》がどこにあるかを知っている学者のことだね」

「あ、それ、すごくおもしろいなあ」と、王子さまが言いました。

「とうとう本物の仕事に出会ったぞ!」

地理学者《ちりがくしゃ》が住《す》む星……王子さまは自分のまわりをぐるりと見まわしました。こんなに堂々とした威厳《いげん》のある星を、まだ見たことがなかったからです。

「とても美しいですね、あなたの星は。海はあ

ります か？」

「私には、それはわからないなあ」と、地理学者《ちりがくしゃ》が言いました。

王子さまはがっかりしました。

「あれ！　それなら山は？」

「それも、わからんね」と、地理学者《ちりがくしゃ》が言いました。

「じゃあ、街や川や砂漠《さばく》はどうですか？」

「それも、まったくわからないな」

「でも、地理学者《ちりがくしゃ》なんですよね」

「まさしく」と、地理学者《ちりがくしゃ》は言いました。「しかし、私は探検家《たんけんか》ではないのだよ。ごらんのとおり、私の星には探検家《たんけんか》が一人もおらん。街や川や山や海、大海、砂漠《さばく》。そうしたものを数えようとするのは地理学者《ちりがくしゃ》ではないのだ。地理学者《ちりがくしゃ》はあまりに重大な立場にあるので、ぶらぶら歩くわけにはいかんのだよ。書斎《しょさい》をはなれるわけにはいかない。でも、地理学者《ちりがくしゃ》はその書斎《しょさい》に探検家《たんけんか》たちをむかえ入れる。地理学者《ちりがくしゃ》は探検家《たんけんか》に質問《しつもん》をする。彼らが記憶《きおく》から語ることを書きつける。そして、だれかが語っていることに興味《きょうみ》をいだいたら、その探検家《たんけんか》の品位《ひんい》について調べさせる、ということなのだ」

「なんでそんなことを?」

「うそをつく探検家《たんけんか》にひっかかると、地理学《ちりがく》の本は意味をなさなくなってしまうからだ。飲んだくれの探検家《たんけんか》も同じだ。気をつけないと」

「なんでですか?」

「酔《よ》っぱらいは、ものが二重に見えるんだよ。それを真に受けると、地理学者《ちりがくしゃ》は山を二つ書きこんでしまうことになる。そこにはひとつの山しかないのに」

「それならぼく、ある人を知ってますよ」と、王子さまは言いました。「ひどい探検家《たんけんか》になりそうな人」

「ああ、だめだろうね。それゆえ、探検家《たんけんか》に品位《ひんい》があるとわかれば、次はその発見について調べることになる」

「見にいくのですか?」

「いや。これはずいぶん面倒《めんどう》な仕事なのだ。探検家《たんけんか》に、証拠《しょうこ》のものを持ってくるように求めるんだよ。たとえば、大きな山を発見したというなら、そこから大きな石を持ってこさせる」

地理学者《ちりがくしゃ》はそこでいきなり活気づきました。

「ところできみ。きみは、遠いところからきたんだ！　きみは探検家《たんけんか》ではないか！　きみの星のことを私に語ってくれないか！」

地理学者《ちりがくしゃ》は記録簿《きろくぼ》を開き、鉛筆《えんぴつ》をけずりました。探検家《たんけんか》の話はまず鉛筆《えんぴつ》で書きしるすのです。インクでしるすのは、ときを待たなければいけません。探検家《たんけんか》が証拠《しょうこ》のものを持ちこんでからなのです。

「それで？」と、地理学者《ちりがくしゃ》は王子さまにたずねました。

「ああ、ぼくの星ですか！」と王子さまはしゃべりはじめました。「ぼくの星はあんまりおもしろくないですよ。小さすぎて。火山が三つあるんです。二つは活火山で、ひとつは休火山。でも、休火山だからって、今後どうなるかはわかりませんし」

「そりゃ、わからんよ」と、地理学者《ちりがくしゃ》は言いました。

「あと、一輪の花があります」

「花は記録せん」と、地理学者《ちりがくしゃ》が言いきりました。

「どうしてですか！　ぼくの星で一番美しいのに！」

「なぜって、花ははかないものだからだよ」

「はかないって、どういう意味ですか？」

「地理学《ちりがく》はね」と、地理学者《ちりがくしゃ》が言いました。「地理学《ちりがく》の本は、あらゆる本のなかで、もっともたしかなものなんだよ。決して時代おくれにはならない。山が場所をかえるということは、まずめったにないだろう。海が干《ひ》上《あ》がるというこ

とも、まずめったにない。私たち地理学者《ちりがくしゃ》は、永遠不変《えいえんふへん》のものをしるすのだよ」

「でも、火の消えた休火山だって、また噴火《ふんか》するかもしれないですよ」と、王子さまは地理学者《ちりがくしゃ》の話をさえぎりました。「それと、はかないってどういう意味ですか？」

「火山の火が消えていようが、噴火《ふんか》していようが、私たち地理学者《ちりがくしゃ》にとっては同じなのだよ」と、地理学者《ちりがくしゃ》が言いました。

「私たちにとって大事なのは、それが山だということだ。山はかわらない」

「でも、あの、はかないってどういう意味ですか？」と、王子さまが繰《く》りかえしました。一度投げかけた質問《しつもん》は絶対《ぜったい》にあきらめないのです。

「それは、『すぐに消えてなくなるかもしれない』という意味だよ」

「ぼくの花が、すぐに消えてなくなる？」

「そのとおりだ」

「ぼくの花ははかないんだ」と、王子さまは胸《むね》のなかでつぶやきました。「しかも、世界から身を守るためにあるのは、たった四本のとげだ！　それなのにぼくは、彼女を置いてきてしまった。ぼくの星で彼女は一人ぼっちだ！」

王子さまはここではじめて、後悔《こうかい》の念にとらわれました。でも、そのあと、めげずに旅を続ける勇気を取り戻《もど》したのです。

「次は、どの星をたずねればいいと思いますか？」と、王子さまは問いかけました。

「地球という星かな」と、地理学者《ちりがくしゃ》は答えました。「評判《ひょうばん》のいい星ではある……」

王子さまはのこしてきた花のことを思いながら、地理学者《ちりがくしゃ》の星から旅立ちました。

16

七番目の星は、つまり、地球でした。

地球は、そのへんのありふれた星ではありませんでした！　地球には百十一人の王さま（もちろん、黒人の王さまも忘《わす》れずにカウントしてください）、七千人の地理学者《ちりがくしゃ》、九十万人の実業家《じつぎょうか》、七百五十万人の酔《よ》っぱらい、三億千百万人のみえっぱり、すなわち約二十億人の大人がいました。

地球の大きさがどれほどのものか知ってもらうために、電気が発明される前のことについて話しましょう。そのころは、六つの大陸を全部合わせると、街燈《がいとう》に灯《ひ》をともしたり消したりするランプ係が、まさに大群《たいぐん》、四十六万二千五百十一人も必要だったのです。

すこしはなれたところから見ると、それはもう素晴《すば》らしいながめでした。この大群《たいぐん》の動きは、オペラのバレエのように規則《きそく》正しいのです。まずは、ニュージーランドとオーストラリア。この二つの国のランプ係たちの円舞《えんぶ》からはじまります。彼らは自分たちの街燈《がいとう》に灯《ひ》をともしながら、ねむりにつくために去っていくのです。すると今度は、中国とシベリアのランプ係たちの踊《おど》りです。彼らもまた、舞台《ぶたい》の袖《そで》へと流れるように去っていきます。お次は、ロシアとインドのランプ係の番です。その次はアフリカとヨーロッパ。続いて南アメリカ。そして北アメリカ。舞台《ぶたい》に登場する順番を彼らがまちがえることは絶対《ぜったい》にありません。実に崇高《すうこう》なものなのです。

ただ、北極にひとつだけある街燈《がいとう》のランプ係と、彼の同僚《どうりょう》で、南極にひとつだけある街燈《がいとう》のランプ係。この二人だけがだらだらとなまけた日々を送っていました。なぜなら彼らは、一年に二回しか働かないからです。

17

なにか気のきいたことを話そうとすると、多少のうそをついてしまうことがあるものです。実は私も街燈《がいとう》のランプ係についてみなさんに話したとき、すごく正直でしたよ、とは言えませんでした。私たちの星のことを知らない人には、あやまった印象《いんしょう》を与えてしまったかもしれません。人間はこの地球の上で、ほんとうはごく一部にしか住《す》んでいないのです。地球に住《す》みついた二十億の人が、集会のときみたいに立ったまま ちょっと詰《つ》め合って並《なら》んだのなら、縦横《たてよこ》二十マイルの公共広場《こうきょうひろば》にらくに収《おさ》まることでしょう。人類というものは、太平洋のもっとも小さな島にだって詰《つ》めこめるかもしれないのです。

ただ、もちろん、みなさんがこんな話をしても大人たちは信用しません。大人たちは、自分たちが世界のすごく広い範囲《はんい》を支配《しはい》していると思っているのです。自分たちがバオバブのようにひとかどの存在《そんざい》だと思いこんでいるのです。ですから、みなさんは大人たちに、だったら計算してごらんよと言ってあげるべきです。大人たちは数字が好きなので、きっとよろこぶことでしょう。でも、みなさんはそんな罰《ばつ》ゲームみたいなつまらない作業につきあって、時間を失ってはいけません。それこそ、むだです。みなさんは私を信用してくれますね。

さて、地球にはじめて到着《とうちゃく》した小さな王子さまです。王子さまは、人間を一人も見かけないことにとても驚《おどろ》きました。星をまちがえたのではないかと、不安な気持ちにもなりました。すると、砂《すな》の上で、月の色をした輪っかが動いたのです。

「こんばんは」と、王子さまはとりあえず言ってみました。

「こんばんは」と、ヘビが言いました。

「ぼく、どの星の上に降《お》りたのだろう?」と、王子さまが聞きました。

「地球の上だよ。アフリカってところ」と、ヘビが答えました。

「ああ! それなら、地球にはだれもいないの?」

「ここは砂漠《さばく》だもの。砂漠《さばく》にはだれもいないよ。地球はでっかいんだ」と、ヘビが言いました。

王子さまは石の上にすわり、空を見上げました。

「ぼく、考えることがあるんだ」と、王子さまが言いました。「星々があんなにもかがやいているのは、いつかみんなそれぞれの、自分の星がわかるようにするためかな。ねえ、ぼくの星を見て。ちょうどぼくらの真上にあるよ……。でも、なんて遠いんだろう！」

「あなたの星はきれいだね」と、ヘビが言いました。「ここに、なにをしにきたの？」

「一輪の花と、うまくいかなくなっちゃったんだ」と、王子さまが言いました。

「ああ！」と、ヘビが受けとめました。

そして、王子さまもヘビもだまりこみました。

「ねえ、人間はどこにいるの？」

聞きたかったことを王子さまがたずねました。

「砂漠《さばく》では、ひとりぼっちだなあって、ちょっと思っちゃうよ……」

「人間のなかにいたって、ひとりぼっちだなあって思うよ」と、ヘビが言いました。

王子さまはしばらくヘビを見つめました。

「きみは、へんな生き物だね」と、王子さまはとうとう言ってしまいました。

「指みたいに細くてさ……」

「でも、王さまの指よりもボクは強いんだ」と、ヘビが言いかえしました。

王子さまはほほえみました。

「きみはそんなに強くないよ……足すらないんだし……旅だってできないよね……」

「ボクはあなたを、海をいく船よりも、もっと遠いところまで連れていくことができる」と、ヘビは言い、まるで金のブレスレットのように、王子さまの足首に巻《ま》きつきました。

「ボクが触《ふ》れた者は、土に戻《もど》ることになるんだ。その者が生まれた土に」と、ヘビはなお話を続けました。

「でも、あなたは純粋《じゅんすい》だね。星からやってきたんだね……」

王子さまは返事をしませんでした。

「あなたを見ていると、かわいそうだなと思うよ。岩でできたこの地球の上で、あなたはあまりにも弱すぎる。もし、自分の星のことを考えてあんまり苦しくなるようだったら、ボクが手伝ってあげる。ボクはね……」

「うん！　すごくよくわかったよ」と、王子さまが言いました。

「でも、きみはなんだっていつも謎《なぞ》めいた話をするの？」

「ボクはすべての謎《なぞ》を解《と》くんだ」と、ヘビが言いました。

そしてまた、王子さまもヘビもだまりこみました。

18

　小さな王子さまは、砂漠《さばく》を歩き続けました。でも、一輪の花にしか出会いませんでした。花びらがたった三枚の、どうということはない花です……。

「こんにちは」と、王子さまが言いました。

「こんにちは」と、花が言いました。

「人間はどこにいますか?」と、王子さまはていねいにたずねました。

　花はいつだったか、隊商《たいしょう》の一団《いちだん》が通りすぎるのを見たことがあるのです。

「人間ね? いるわよ。私が思うに、六人か

七人。何年か前に、見かけたことがあるもの。でも、彼らが今どこにいるかはわからないわ。風に吹《ふ》かれて、あちらこちらほっつき歩いているのよ。彼らは根っこがないから、それがとてもつらいのよ」

「さよなら」と、王子さまが言いました。

「さよなら」と、花が言いました。

19

小さな王子さまは、高い山に登ってみました。王子さまは自分のひざの高さまでしかない三つの火山以外、山なんて知らなかったのです。火の消えた休火山は、椅子《いす》として役立てていたのです。

ですから王子さまは思いました。

「こんなにも高い山の上からだったら、すべての星々とすべての人間たちがひとめで見えてしまうだろうな……」

でも、その山の上から見えたのは、するどく切り立った岩山ばかりなのでした。

「こんにちは」と、王子さまはとりあえず言ってみました。

「こんにちは……こんにちは……こんにちは……」と、こだまがかえってきます。

「きみはだれ?」と、王子さまは聞いてみました。

「きみはだれ……きみはだれ……きみはだれ……」と、こだまは繰りかえします。

「ぼくの友だちになってよ。ぼく、ひとりぼっちなんだ」

「ひとりぼっちなんだ……ひとりぼっちなんだ……ひとりぼっちなんだ……」と、こだまは答えます。

「なんてへんな星なんだろう!」と、さすがに王子さまも考えました。

「この星はどこまでも乾《かわ》いていて、とがった山ばかりで、なにもかもが塩っからい。しかも、人間たちには想像力《そうぞうりょく》というものが欠けている。言ったことを繰《く》りかえすだけなんだもの……ぼくの星には一輪の花があったのになあ。彼女はいつも自分から話しかけてくれたのに……」

20

王子さまは、砂漠《さばく》を横切ったり、岩場や雪の上をずいぶん長く歩いて、ようやく一本の道を見つけました。道はすべて、人の住《す》むところにつながっているものです。

「こんにちは」と王子さまが言いました。

そこは、バラの花でいっぱいの庭でした。

「こんにちは」とバラたちもあいさつをしました。

王子さまはバラたちを見つめました。

王子さまのあの花にまったくそっくりな

のです。

「きみたちはだれ?」

驚《おど》きのあまり、王子さまはバラたちにそうたずねました。

「私たちはバラの花です」と、バラたちが答えました。

「ええっ!」と王子さまは声をあげました。

王子さまは、ひどく落ちこみました。王子さまの花は自《みず》らを、この世にたったひとつだけの存在《そんざい》なのだと言っていたからです。それなのにこれです。ひとつの庭に、まったくそっくりな五千ものバラの花が咲《さ》いているのです!


王子さまは思いました。

「彼女はすごく気分をわるくするだろうなあ。もしこの庭を見たら……。自分が笑いものになるのをさけようとして、むちゃくちゃ咳《せ》きこんで死んでしまうふりをするだろう。そうしたらぼくは、看病《かんびょう》するふりをしなければいけないだろうなあ。だってそうしなかったら、今度はぼくを、このぼくまでをも傷《きず》つけようとして、彼女はほんとうに死んでしまうかもしれない」

王子さまはこうも考えました。

「この世にたったひとつの花を持っているから、自分は特別だと思っていたんだよ。だけどぼくは、どこにでもあるバラの花を持っていたにすぎなかったんだ。あとはひざの高さまでの火山が三つ。しかもそのうちのひとつはたぶんもう火をふかない。これじゃ、ぼくは立派《りっぱ》な王子にはなれないよ」

王子さまは草原にたおれ、泣きました。

21

そこへあらわれたのは一匹のフェネックキツネでした。

「こんにちは」とキツネが言いました。

「こんにちは」と王子さまもていねいにあいさつし、振《ふ》りかえりました。でも、なにも見えません。

「ボク、ここだよ」と声がしました。

「りんごの木の下だよ」

「きみはだれ？」と王子さまがたずねました。

「きみはとってもステキだね」

「ボク、キツネだよ」とキツネが答えました。

「こっちにおいでよ。ぼくと遊ぼうよ。ぼくはすごくかなしいんだ」と王子さまはキツネを誘《さそ》いました。

「ボク、きみとは遊べないよ」とキツネが言いました。

「だってボク、きみになついてないもん」

「ああ、ごめんね」

王子さまはそう言ったあとでちょっと考え、こうつけ加えました。

「なつくって、どういう意味？」

「きみはこの土地の人間ではないね」とキツネは言いました。

「きみはなにをさがしているの？」

「ぼくは人間をさがしているんだよ」と王子さまは答えました。

「ねえ、なつくって？」

「人間はね」とキツネが言いました。

「あいつらは銃《じゅう》を持って狩《か》りをするんだ。すごくわずらわしい連中だよ！　それから人間はニワトリも飼っている。そこだけがあいつらのいいところだね。きみ、ニワトリをさがしているの？」

「ちがうよ」と王子さまは答えました。

「ぼくは友だちをさがしているんだ。ねえ、なつくって、どういう意味？」

「それはね、もうひどく忘《わす》れられていることだよ」とキツネが言いました。

「なつくってのは、心を寄《よ》せるってことなんだ」

「心を寄《よ》せる？」

「そうだよ」とキツネは言いました。

「きみはまだボクにとっちゃ、十万人もの男の子となんらかわらないふつうの一人の男の子なんだ。ボク、きみがいなくてもいいんだよ。きみだって、ボクがいなくてもいいだろう。きみにとっちゃ、ボクは十万匹ものキツネとなんらかわらないふつうの一匹のキツネでしかないんだから。でも、もしきみとボクが心を寄《よ》せ合えば、ボクたちはお互《たが》いがたいせつなお互《たが》いどうしになる。きみはボクにとって、この世でただ一人の特別な男の子になるんだ。ボクはきみにとって、この世でただ一匹の特別なキツネになるんだ……」

「ぼく、わかりはじめてきたよ」と、王子さまが言いました。

「一輪の花があってね……思うにぼくは……その花に心を寄《よ》せていたんだ」

「それはきっとあるね」と、キツネが言いました。

「地球の上ではあらゆることが起きるから」

「ちがうの。これは地球の上の話ではないんだよ」

と王子さまが言いました。キツネはとても不思議だという顔をしてみせました。

「ほかの星の話なの？」

「そうだよ」

「その星には狩《か》りをする人はいる？」

「いない」

「それはいいぞ。で、ニワトリは？」

「いないよ」

「すべてうまくいく世界というのはないものだなあ」

キツネはため息をつきましたが、また自分の考えを話しはじめました。

「ボクの暮《く》らしって、単調《たんちょう》なんだ。ボクはニワトリを狩《か》る。人間はボクを狩《か》ろうとする。ニワトリはみんな同じように見えるし、人間もみんな似《に》かよっている。だからちょっと退屈《たいくつ》なんだ。でも、ボクがきみになついたら、ボクの暮《く》らしにもあたたかな光がさしこんでくる。ボクは耳でわかるようになるだろう。ほかのだれともちがう、きみの気配をね。ほかの人間の気配がすると、ボクは地面の巣穴《すあな》に逃げこむ。でもきみの足音なら、音楽のように呼《よ》びかけて、ボクを地面の外に誘《さそ》いだすよ。それからほら、見て。あそこ、麦畑が見える？　ボクはパンは食べないから麦なんて用なしさ。麦畑はボクになにひとつ呼《よ》びかけない。それってかなしいよね。でも、きみの髪《かみ》は金色だ。すると、ボクがきみになついて心を寄《よ》せたとき、素晴《すば》らしいことが起こる！　金色の麦を見ると、ボクはきみを思いだすようになるんだ。そして麦畑を吹《ふ》き渡《わた》る風がお気に入りになる……」

キツネはそこでだまりこみ、しばらく王子さまを見ていましたが、こう切りだしてき

ました。

「もしよかったら、ボクをなつかせてみてよ」

「そうしたいんだけど」と王子さまが言いました。

「時間があまりないんだ。ぼくは友だちをさがしているし、知らなければいけないことがたくさんあって」

「自《みず》ら心を寄《よ》せたものでなければ、なにも知ることはできないよ」

キツネが言いました。

「人間はなにかを学ぶため

の時間なんてとっくに失っている。あいつら、なんでもかんでもお店で買うんだ。でも、友だちを売っているお店なんてどこにもないから、人間はもう友だちを持てないんだよ。だから、もし友だちがほしかったら、ボクをなつかせてよ」

「どうすればいいの？」と王子さまが聞きました。

「すごく辛抱《しんぼう》がいるよ」とキツネが答えました。

「まずきみにはボクからすこしはなれたところにすわってもらう。草原にこんな感じで。ボクはきみのことを目のはじでちらちら見たりするけどさ、きみはなにも言ってはいけないよ。言葉は誤解《ごかい》のもとなんだから。そして毎日、きみはすわる場所をボクに近づけていく……」

翌日《よくじつ》、王子さまはまたやってきました。

「同じ時間にきてくれたらいいんだけどなあ」とキツネが言いました。

「たとえばきみが午後四時にくるなら、三時になるとボクはもうわくわくしちゃうんだ。そして時間がどんどん進んで四時に近づくと、ボクはどんどん幸福になる。それで四時になったとして、もしきみがこなかったら、ボクはそわそわ動きまわって、心配しちゃうんだ。きみと会えることの幸せの価値《かち》を、ボクはそこで知るんだ。でもさ、きみが何時でもいいやって感じでくるなら、ボクは何時から心の準備《じゅんび》をしたらいいのかまったくわからなくなってしまう。だから、しきたりが必要なんだよ」

「しきたりってなに？」と王子さまが聞きました。

「これもかなり忘《わす》れられてしまったものなんだ」とキツネが答えました。

「しきたりというのは、ほかの日とはちがう一日や、ほかの時間にはない特別な時間を感じさせてくれるものなんだ。たとえば、狩《か》りをする人間たちにもしきたりはあるんだ。あいつらは木曜日になると村の娘《むすめ》たちと踊《おど》るんだよ。だから木曜日は素晴《すば》らしい！　ボクはぶどう畑まで散歩する。もしあいつらが曜日なんて関係なしに踊《おど》るなら、どの日も同じってことになるだろう。ボクにはヴァカンスがなくなってしまうよ」

こうして王子さまはキツネになついてもらいましたが、出発の日は近づいてきました。

「ああ」と、キツネが言います。「ボクはきっと泣いちゃう」

「それはきみのせいだよ」と王子さまが言いました。

「ぼくはきみがいやな思いをすることなんて、これっぽっちものぞまなかった。だけどきみが心を寄《よ》せ合いたいというから……」

「そうだね」とキツネが答えました。

「それでもきみは泣いちゃうんだ?」と王子さまが聞きました。

「そうだよ」

「それなら、いいことひとつもないじゃないか」

「いいことはあるよ」とキツネは答えました。

「ほら、金色の麦畑」

そしてこんなふうにつけ加えました。

「もう一度、庭のバラを見にいきなよ。きみの花がこの世に一輪しかないということがわかるから。そうしたらボクのところに戻《もど》ってきて、さよならって言ってよ。ボクはそこできみに、秘密《ひみつ》の贈《おく》り物《もの》をひとつあげるよ」

王子さまはバラたちを見にいきました。

「きみたちはぼくのバラとまったく似《に》てないね。きみたちはまだ、ぼくにとっては意味のない花なんだ」

王子さまはバラたちにそう言いました。

「だってきみたちはだれにもなついていないし、だれもきみたちになついていない。きみたちはまるで、はじめて会ったときのあのキツネのようだ。十万匹の一匹でしかなかったあのキツネだよ。でも、ぼくらは友だちになった。ぼくにとってはこの世でただ一匹の特別なキツネなんだ」

バラたちはひどく気まずそうな顔になりました。

「きみたちは美しい。でも、ぼくには意味をなさないんだ」

王子さまはバラたちに対し、話を続けました。

「きみたちのために命をかけることはできない。もちろん、ぼくのあのバラだって、ただの通りすがりの人から見れば、きみたちと似《に》たような花にしか見えないだろう。だけどぼくにとってはたった一輪の花なんだ。あのバラが、きみたちすべてよりもたいせつなんだよ。だってぼくが水をあげたのはあのバラなんだ。おおいをかぶせてあげたのはあのバラなんだよ。ついたてで風から守ってあげたのはあのバラだ。アオムシをとってあげたのは（チョウになるように二、三匹はほうっておいたけど）あのバラなんだよ。不平《ふへい》や自慢話《じまんばなし》や、あるいはなにも言わないときでも、耳を寄《よ》せて聞いてあげたのはあのバラなんだ。だって、彼女はぼくのバラなんだから」

そして王子さまはキツネのところに戻《もど》りました。

「さよなら」と王子さまは言いました。

「さよなら」とキツネも言いました。

「さあ、ボクの秘密《ひみつ》の贈《おく》り物《もの》だ。すごく単純《たんじゅん》なことだよ。心でしかものは見えないんだ。ほんとうにたいせつなものは目に見えないんだ」

「ほんとうにたいせつなものは目に見えない」

この言葉を覚えておくために、王子さまは繰《く》りかえしました。

「きみのバラが、きみにとってそんなにもたいせつなのは、きみが彼女のためにつくした時間のせいなんだよ」

「ぼくの彼女のためにつくした時間」

王子さまは忘《わす》れないために繰《く》りかえしました。

「人間はこの真理を忘《わす》れてしまったんだ」とキツネが言いました。

「でも、きみは忘《わす》れてはいけないよ。きみは、きみに心を寄《よ》せたものに対して、いつまでも責任《せきにん》を負うんだ。きみは、きみのバラに責任《せきにん》がある」

「ぼくは、ぼくのバラに責任《せきにん》がある……」

王子さまはこの言葉を絶対忘《ぜったいわす》れないように繰《く》りかえしました。

22

「こんにちは」と、小さな王子さまが言いました。

「こんにちは」と、線路の切りかえ係が言いました。

「ここで、なにをしているの？」と、王子さまが聞きました。

「線路を切りかえて、お客さんの行きさきを振《ふ》りわけているのさ。何千人もまとめてね」

と、切りかえ係が答えました。

「お客さんの乗った列車を、オレがあちこちに送りこむんだ。あるときは右へ。あるときは左へ」

ライトをかがやかせた特急列車が、ごーっと雷《かみなり》のような音をとどろかせ、切りかえ係の小屋をゆらしていきました。

「あの人たち、ものすごく急いでいるんだね」と、王子さまが言いました。

「なにをさがしているのだろう?」

「機関車の運転士だって、なんのために走っているのかなんてわからないさ」と、切りかえ係が答えました。

するとまた轟音《ごうおん》がして、さっきの列車とは逆の方向から、ライトをこうこうとつけた特急列車がやってきました。

「あの人たち、もう戻《もど》ってきたの?」と、王子さまがたずねました。

「同じ人たちじゃないさ」と、切りかえ係が言いました。

「反対のほうに行く列車だもの」

「あの人たちは、自分たちのいたところに満足できなかったのかな?」

「だれだって、自分のいるところには決して満足なんてできないものさ」と、切りかえ係が言いました。

ライトのまばゆい三番目の特急列車が、またごーっと雷のような音をひびかせていきました。

「あの人たち、最初の列車に乗った人たちを追いかけているの?」と、王子さまが聞きました。

「彼らはなにも追いかけちゃいないさ」と、切りかえ係が言いました。

「彼らは列車のなかで、いねむりをしているか、あくびをしているかだよ。ただ子どもたちだけが、窓《まど》ガラスに鼻をくっつけているのさ」

「子どもたちだけが、自分たちのさがしているものを知っているんだね」と、王子さまが言いました。そしてこう続けました。

「子どもたちはぼろ切れでできた人形と遊んで、ときがたつのを忘《わす》れるんだ。だから、その人形がとてもたいせつなものになる。もしだれかに人形を取りあげられたら、子どもたちは泣いてしまうもの……」

「子どもたちは幸せさ」と、切りかえ係が言いました。

23

「こんにちは」と、小さな王子さまが言いました。

「おこんにちは」と、商人《あきんど》が言いました。

彼は、のどの渇《かわ》きをおさえるというもっとも新しい薬を売る商人《あきんど》でした。その薬を毎週一錠《いちじょう》飲むだけで、もうなにかを飲みたいとは思わなくなるのです。

「どうしてその薬を売っているの？」

と、王子さまが聞きました。

「そりゃ、むっちゃ時間の節約になるんですわ」と、商人《あきんど》が言いました。

「専門家《せんもんか》が計算してくれはったんですけど、一週間に五十三分も節約できるんでっせ」

「それで、その五十三分でなにをするの？」

「なんでもできまんがな。やりたいことを……」

「ぼくだったら」と、小さな王子さまは思いました。

――もし、五十三分の時間をやりたいように使えるなら、水のわきでる泉《いずみ》までゆっくり歩いていきたいなあ……。

24

私の飛行機《ひこうき》が砂漠《さばく》で故障《こしょう》してから、一週間がすぎました。私は、のこっていた水の最後のひとしずくを口にふくみながら、のどの渇《かわ》きをおさえる薬を売る商人《あきんど》の話を聞いていました。

「ああ！」と、私は小さな王子さまに言いました。

「きみの思い出話はとてもステキだったよ。でも、飛行機《ひこうき》はまだ修理《しゅうり》できていないし、飲む水ももうないんだ。私だって、幸せだろうなと思うよ。もし、水のわきでる泉《いずみ》に向かってゆっくり歩いていけるならば！」

「ぼくの友だちのキツネがね」と、王子さまが私に言いかけました。

「ねえ、かわいい坊《ぼう》や。もうキツネの話はいいよ！」

「どうして？」

「だって、私たちはのどが渇《かわ》いて死んでしまうのだから……」

彼は私の言っていることがよくわからないのか、こんなふうに言葉を続けました。

「たとえこれから死ぬのだとしても、友だちがいるっていいことだよ。ぼくはね、ほんとうにうれしかったんだ。キツネの友だちができて……」

「せまっている危機《きき》が、王子さまにはわからないんだ」と、私は思いました。

――彼は決して、お腹《なか》がすかないし、のどが渇《かわ》くこともない。すこしの太陽の光があればそれで満足するんだ……。

しかし王子さまは私を見つめました。そして、私が考えていたことに答えたのです。

「ぼくだってのどが渇《かわ》くよ……井戸《いど》をさがそうよ……」

私は、うんざりだよ、という仕草をしてみせました。この広大な砂漠《さばく》のなかで、偶然《ぐうぜん》に身をまかせ、ただやみくもに井戸《いど》をさがす。それはばかげた行為《こうい》です。でも、私たちは歩きだしたのです。


私たちは何時間ものあいだ、言葉をかわさずに歩きました。すると、夜になり、星々がかがやきはじめました。あまりにものどが渇《かわ》いたせいでしょう。私はすこし発熱し、夢《ゆめ》を見ているような気分で星空を見ました。頭のなかで、昼間の王子さまの言葉が踊《おど》っていました。

「それなら、きみも、のどが渇《かわ》くんだね？」と、私は王子さまに聞きました。

でも、彼はその問いかけには答えてくれませんでした。ただ、こう言ったのです。

「水はね、心にもいいんだよ……」

私は、王子さまのはなった言葉の意味がわかりませんでしたが、なにも言いませんでした。聞きかえしてもしかたがないとわかっていたからです。

王子さまは疲《つか》れていました。彼は腰《こし》をおろしました。私は彼のそばにすわりました。するとしばらくの沈黙《ちんもく》のあと、王子さまはまたこう言ったのです。

「星々は美しいね。ここからは見ることができない一輪の花のせいだよ」

私は、「ほんとうにそうだね」と答えました。そしてなにも話さず、月明かりの下の砂《すな》の模様《もよう》をながめたのです。

「砂漠《さばく》は美しいね」と、王子さまが言葉を足しました。

まさに、ほんとうにそうでした。私はいつも砂漠《さばく》を愛していたのです。砂丘《さきゅう》にすわると、なにも見えません。なにも聞こえません。でも、静寂《せいじゃく》のなかで、なにかがかがやいているのです。

「砂漠《さばく》が美しいのは」と、王子さまが言いました。

「どこかに水をたたえた井戸《いど》をかくしているからだよ」

私は驚《おどろ》きました。砂漠《さばく》のこの不思議なかがやき、その秘密《ひみつ》が突然《とつぜん》理解《りかい》できたのです。私は子どものころ、古い屋敷《やしき》に住《す》んでいました。そこには宝物《たからもの》が埋《う》められているという言い伝えがありました。もちろん、だれもその宝物《たからもの》を発見するすべを知りませんでしたし、おそらくさがそうとした人もいません。でも、見えないその宝物《たからもの》が、屋敷《やしき》のすべてに魔法をかけていたのです。私の家はその奥深《おくふか》くに、秘密《ひみつ》をかくしていたのです……。

「そうだね」と、私は小さな王子さまに言いました。「家でも、星でも、砂漠《さばく》でも、それを美しくしているのは、目に見えないものなんだ！」

「うれしいな」と、王子さまは言いました。

「ぼくのキツネの考えを、あなたが受けいれてくれて」

王子さまがねむりはじめたので、私は彼を腕《うで》にかかえ、また歩きだしました。私の胸《むね》は感動であふれそうでした。こわれやすい宝物《たからもの》をかかえて歩いているような気持ちなのです。この地球上で、王子さまよりもこわれやすいものはないという思いさえするのでした。月明かりの下で、私は王子さまの青白《あおじろ》いひたいや、閉《と》じられた目、風にゆれている髪《かみ》のふさを見ました。そしてこう思ったのです。

「私の目にうつっているものは、それでもただの外側の殻《から》にすぎない。ほんとうにたいせつなものは目に見えないんだ……」

わずかに開いた王子さまのくちびるが、うっすらとほほえみをたたえます。私はまた胸《むね》のなかでこうつぶやきました。

「王子さまの寝顔《ねがお》がこんなにも強く私をうつのは、彼の心のなかで咲《さ》いている花への、ゆらぐことのないその想いのせいなんだ。一輪のバラの花のまばゆいばかりのおもかげが、ランプの灯《ともしび》のように王子さまの胸《むね》の内側を照らしているからだ。王子さまが寝《ね》ているときでさえ……」

すると私には、王子さまがさらにこわれやすいもののように思えてきたのです。ランプの灯《あか》りは守ってやらなければならない。風の一吹《ふ》きで消えてしまうものなのだから……。

こんなふうに思いながら私は王子さまを抱《だ》いて歩き続け、夜が明けるころに、井戸《いど》を見つけたのです。

25

「人間は」と、王子さまが言いました。「特急列車にわれさきになだれこむよね。でも、なにをさがしているのかみんなわからないんだ。だから、あっちに行ったりこっちに行ったり、ぐるぐる回ったりしている……」

そして彼は言葉をつけ加えました。

「そんな苦労をしなくてもいいのにね……」

私たちがたどりついた井戸《いど》は、サハラ砂漠《さばく》で見かけるものとはちがっていました。サハラ砂漠《さばく》の井戸《いど》は、砂地《すなち》に掘られたただの穴《あな》なのです。私たちが見つけたのは、村の井戸《いど》に似《に》ていました。でも、そこには村などありませんから、私は夢《ゆめ》を見ているような気分でした。

「へんだねえ」と、私は王子さまに言いました。「すべてととのっているよ。滑車《かっしゃ》も桶《おけ》もロープもある……」

王子さまはほほえみました。そしてロープにさわり、滑車《かっしゃ》を動かしました。すると滑車《かっしゃ》が音をたてました。長いあいだ絶《た》えていた風が吹《ふ》き、古い風見鶏《かざみどり》がぎーっときしむような音です。

「聞こえるよね」と、王子さまがささやきました。「ぼくたち、この井戸《いど》をよみがえらせたよ。ほらね、井戸《いど》が歌っている……」

私は、王子さまに無理をさせたくありませんでした。

「私にやらせて。きみには重すぎるよ」

水くみの桶《おけ》を、私は井戸《いど》のへりの石までゆっくりと引っぱりあげました。そしてそこに桶《おけ》をしっかり安定させて置いたのです。私の耳には、滑車《かっしゃ》の歌が続けて聞こえていました。そして桶《おけ》の、まだゆれている水面で、太陽がきらきらとふるえていました。

「ぼくはこの水が飲みたかったんだ」と、王子さまが言いました。

「ねえ、飲ませて……」

王子さまがさがしていたもの。私にはそれがようやくわかったのです！

私は、王子さまの口もとまで桶《おけ》を持ちあげました。王子さまは両目を閉《と》じて桶《おけ》の水を

飲みました。それは祝祭《しゅくさい》のように幸福な瞬間でした。この水は、ただ飲めればいいというう水とはまったく別のものなのです。星空の下を二人でとぼとぼと歩き続け、ようやく出会った井戸《いど》です。滑車《かっしゃ》がたてる歌声とともに、私が一生けんめいに腕《うで》まくりをしてくみあげた水なのです。心にやわらかにしみわたる、素晴《すば》らしい贈《おく》り物《もの》だったのです。私が子どもだったころ、クリスマスにもらった贈《おく》り物《もの》があんなにも魅力的《みりょくてき》だったのは、クリスマスツリーの灯《あか》りや、真夜中のミサの音楽、みんなのあたたかな笑顔など、そのすべてがそろってかがやきを与えていたからなのです。

「あなたの星の人たちは」と、王子さまがつぶやきました。

「ひとつの同じ庭で、五千ものバラを咲《さ》かせている……でも、さがしているものを見つけられないんだ……」

「そう。見つけられない」と、私は返事をしました。

「だけど、みんながさがしているものは、一輪のバラやわずかな水のなかに見つけられるのかもしれないのに……」

「そのとおりだね」と、私は答えました。

王子さまはさらに言いました。

「でも、目にはそれが見えないんだ。心でさがさなければいけないんだよ」

私は水を飲みました。胸《むね》の底まで息を吸《す》いこみました。夜明けの砂漠《さばく》は、はちみつのような色です。水を飲めたことに加え、このはちみつの色が私を幸せな気分にさせました。それでも私は思いました。どうしてまだ、自分の心には痛《いた》みのようなものがあるのだろうかと……。

「あなたは約束を守らないといけないよ」と、小さな王子さまが私にそっとささやきました。彼はふたたび、私のすぐそばにすわっていたのです。

「どんな約束？」

「あのね、約束したよ……ぼくのヒツジのための口輪《くちわ》……ぼくはあの花を守ってあげる責任《せきにん》があるんだ！」

私はポケットから、絵の下書きを何枚か取りだしました。小さな王子さまはそれらを見るなり、笑いながらこう言いました。

「あなたの描《か》いたバオバブ、ちょっとキャベツに似《に》ているね……」

「え!」

私はバオバブの絵にけっこうな自信を持っていたのに!

「あなたの描《か》いたフェネックキツネ……すごい耳だ……まるで角みたいだね……耳がいくらなんでも長すぎるよ!」

王子さまはまた笑いました。

「きみは不公平だよ。かわいい坊《ぼう》や、私はボアの内側と外側しか絵を描《か》いたことがなかったのだから」

「ああ! 大丈夫だって。子どもたちにはわかるよ」

それで私は口輪《くちわ》の絵を描《か》きました。ところがその絵を彼にわたしながら、胸《むね》がしめつけられるような不安を覚えたのです。

「きみは、私の知らないことを計画しているね……」

しかし、王子さまはそれにはひとことも答えず、こう言いました。

「あのね、ぼくが地球に落ちてきてから……明日で、一年になるんだ……」

そしてしばらくの沈黙《ちんもく》のあとで、こうつぶやいたのです。

「ぼくは、このすぐそばに落ちてきたんだ……」

王子さまはそこで顔を赤らめました。

するとふたたび、どうしてなのか理由《りゆう》はわからないけれど、なんとも言えない奇妙なかなしみが胸《むね》にわき上がりました。そしてその一方で、聞いてみたいひとつの考えが浮かんだのです。

「それなら、一週間前にきみと出会った朝、人里《ひとざと》を千マイルもはなれたこんな場所を、きみがたった一人でさまよっていたというのは、偶然《ぐうぜん》ではなかったんだね！　落ちてきた場所に、きみは戻《もど》ろうとしていたんだね？」

王子さまは、また顔を赤らめました。

私は言うべきかどうかとまどいながらも、こう続けました。

「つまり、おそらく、一年目のなにかのために？……」

王子さまはさらに顔を赤らめました。彼はこちらからの問いかけにまったく答えてくれません。でも、顔を赤らめるということは、「はい」と答えているのと同じではないでしょうか。ね、そうですよね。

「ああ！　なんだかこわいなあ……」と、私は言いました。

でも、王子さまは私にこう切りかえしてきたのです。

「さあ、あなたは修理《しゅうり》の仕事をしないと。機械のところに戻《もど》らないといけないでしょう。ぼくはここであなたを待つよ。明日の夕方、また戻《もど》ってきてね……」

そんなことを言われても、私の胸《むね》の不安は消えませんでした。私は彼が語ってくれたキツネのことを思いだしました。心を合わせた友ができたのなら、すこし泣いてしまうときもくるのでしょう……。

26

井戸《いど》の横には、なかばくずれた古い石の壁《かべ》がありました。翌日《よくじつ》の夕方、私が飛行機《ひこうき》の修理《しゅうり》から戻《もど》ると、小さな王子さまがその壁《かべ》の上にすわり、足をぶらぶらさせているのが遠くから見えました。そして、彼の話す声が聞こえてきたのです。

「それじゃあ、きみは場所を覚えていないの？」と、王子さまは話していました。

「ここじゃない。まったくちがうところだよ！」

あきらかに、別の声が王子さまになにか言いかえしていました。だって、王子さまはこう答えたのです。

「そう！　そうだよ！　日にちは合ってるんだ。でも、場所はここじゃないよ……」

私は壁《かべ》に向かって歩き続けました。まったくだれの姿《すがた》も見えず、声も聞こえませんでした。それにもかかわらず、王子さまはまたこう言ったのです。

「うん……それでいい。砂《すな》の上の、ぼくの足あとがはじまったところを見てよ。きみはそこでぼくを待つだけでいいんだ。今夜、ぼくはそこに行くから」

壁《かべ》から二十メートルのところまで私は近づきました。でもやはり、なにも見えないのです。王子さまはすこしだまりこんだあとで、ふたたび口を開きました。

「きみはいい毒《どく》を持っているの？　たしかなの？　ぼくを長く苦しめない？」

私は足をとめました。胸《むね》がしめつけられるようでした。でも、いったいなにが起きているのか、ちっともわからないのです。

「さあ、もう行ってよ」と、彼が言いました。

「ぼくは、ここから降《お》りたいんだ！」

それで私は、目を壁《かべ》の下のほうに向けたのです。そして飛び上がりました！

そこにいたのはヘビでした。みなさんのような子どもならたった三十秒で殺してしまうことができる猛毒《もうどく》の黄色いヘビです。その一匹が、王子さまのほうに鎌首《かまくび》をもたげていたのです。

私はピストルを取りだそうとポケットをさぐりながら、駆《か》けだしていました。しかし、私がたてた足音のせいで、ヘビは噴水《ふんすい》の水が消えるように一瞬《いっしゅん》にして頭をさげ、砂《すな》の上をゆっくりとくねっていきました。そして、急ぐわけでもなく、金属《きんぞく》のような音をわずかにたてながら、石のあいだにもぐって消えていったのです。

私はやっと壁《かべ》にたどり着き、雪のように顔が青白《あおじろ》くなっている私の小さな王子さまをこの腕《うで》に抱《だ》きとめました。

「これはいったいどういうことだ！　きみは今、ヘビと話をしていたんだね！」

私は、王子さまがいつも首に巻《ま》いている金色のマフラーをほどいてやりました。こめ

かみを湿《しめ》らせてやり、水も飲ませました。もはや私は、彼になにかを問いただそうなとは思いませんでした。王子さまは私を真剣《しんけん》に見つめ、私の首に両腕《りょううで》を巻《ま》きつけてきました。王子さまの胸《むね》の鼓動《こどう》が伝わってきます。まるでカービン銃《じゅう》で撃《う》たれ、死にかかっている鳥の心臓《しんぞう》のようです。彼は私に言いました。

「ぼく、うれしいよ。あなたの機械の故障《こしょう》の理由《りゆう》がわかって。これであなたは、おうちに帰れるんでしょう……」

「どうしてそれがわかったんだ！」

私はまさに、彼にそれを告げようと思ってやってきたのです。もうだめだと思っていたのに、飛行機《ひこうき》の修理《しゅうり》が成功したことを！

王子さまは私の問いかけには答えてくれませんでした。しかし、こうつぶやきました。

「ぼくも、今日、ぼくの星に帰るんだよ……」

そして、ものうげに……。

「ぼくのところは、あなたの家よりずっと遠いんだ……帰るのはずっとむずかしい……」

なにかとんでもないことが王子さまの身に起ころうとしていると、私は体で感じとりました。幼《おさな》い子に接《せっ》するかのように、私は王子さまを両腕《りょううで》で抱《だ》きしめました。なんとかして彼をこの場にとどめておきたいという気持ちがつのります。しかし、まるで彼は、私の腕《うで》をすりぬけて、深い穴《あな》にまっすぐ落ちていくかのようなのです……。

彼は真剣《しんけん》なまなざしをしていましたが、目の前が見えていないかのようでした。

「ぼく、あなたのヒツジを持っているよ。ヒツジがねむる小屋もある。それからあなたが描《か》いてくれたヒツジの口輪《くちわ》も……」

そしてかなしげにそっとほほえんだのです。

私はずっと王子さまを抱《だ》きしめていました。彼の体がだんだんとあたたかくなってくるのを感じました。

「かわいい坊《ぼう》や、きみはこわかったんだね……」

そうです。もちろん彼はこわかったのです！　でも、彼はふたたびやわらかに笑いました。

「今夜は、ぼく、もっとこわい思いをするんだろうな……」

私はまた体に冷たいものが走るのを感じました。もう、とりかえしのつかないところまでているのです。王子さまの笑い声を、もう二度と聞くことができなくなる。そんなことを想像《そうぞう》するのは耐《た》えられないと思いました。私にとっては、彼の笑い声こそ、砂《さ》漠《ばく》のなかの泉《いずみ》に等しいからです。

「かわいい坊《ぼう》や、私はまだまだ、きみの笑い声を聞いていたいんだ……」

でも、彼はこう言いました。

「今夜で、ちょうど一年がたつんだ。ぼくの星は、去年ぼくが落ちてきたところのちょうど真上にくるんだよ……」

「かわいい坊《ぼう》や。これはきっと、わるい夢《ゆめ》を見ているんだね。ヘビの話だとか、ヘビと会う約束だとか、星がどうだとか……」

しかし彼はなにも答えてくれず、こう言ったのです。

「たいせつなものは、目に見えないんだ……」

「そうだったね……」

「あの花への思いと同じなんだ。もしあなたが、どこかの星の一輪の花をいとおしく思うなら、それはステキなことだよ。夜、星空をながめると、すべての星の花が咲《さ》いていいるんだ」

「そうだね……」

「あのときの水への思いと同じなんだ。あなたがぼくに飲ませてくれた水は音楽のようだった。滑車《かっしゃ》やロープが歌って……あなたも覚えているでしょう……あの水は、ステキだった」

「ほんとうだ……」

「夜になったら、星々を見てね。ぼくの星は小さすぎて、ここにあるよって見せてあげることができないんだ。でもそれでいいんだよ。あなたにとっては、たくさんの星々のどれかひとつがぼくの星になるわけでしょう。それなら、すべての星々をいとおしいと思ってながめるようになる。そうしたら、星はすべてあなたの友だちになるんだ。そこでぼくはあなたに贈《おく》り物《もの》をあげる……」

王子さまがまた笑いました。

「ああ！　坊《ぼう》や。私のたいせつな小さな王子さま。きみのその笑い声を聞くのが私は好きなんだよ！」

「それがぼくの贈《おく》り物《もの》なんだ……あなたが飲ませてくれたあの水のように……」

「どういう意味だい？」

「だれの頭の上にも星はあるけれど、みんな同じ気持ちでながめているわけじゃないんだ。旅をする人たちにとって、星は道案内になる。別の人たちにとって星は、つまらない、ただの小さな光の点にすぎない。星を研究している人たちにとっては、問いかけでいっぱいの空だ。ぼくが会った実業家《じつぎょうか》は、星のことを財産《ざいさん》だと思っていた。だけど、そういった星はみんな同じだ。静《しず》かにだまりこんでいる星なんだよ。でも、あなたは、まだだれ一人ながめたことのない星々を持つことになる……」

「なにを言いたいんだい？」

「夜空を見上げてよ。ぼくは一面にかがやく星々のひとつに住《す》んでいて、そこで笑っているんだ。するとあなたからは、すべての星々が笑っているように見える。だから、あなたは笑うことのできる星々を友だちにできるんだ！」

そう言って王子さまが笑いました。

「さよならのかなしみがやわらいでくれば（いつだって人は立ち直れます）、あなたはぼくと知り合ったことを、じっくりと味わい深く感じられるようになるよ。そうしてあなたは、ぼくと永遠《えいえん》の友だちになるんだ。あなたは、ぼくといっしょに笑いたくなるときがくる。するとあなたは愉快《ゆかい》な気持ちになるために、ときどき窓《まど》をあけて……あなたの友だちはびっくりするだろうね。夜空を見上げながらあなたが笑っているのだから。それなら言ってあげればいいよ。『そうだよ。星ってやつはいつも笑わせるね！』って。きっとみんな、あなたがどうかしてしまったんじゃないかと思う。ぼくはあなたに、たちのわるいいたずらをしてしまったことになるね……」

そしてまた彼は笑ったのです。

「星々のかわりに、笑うことができるたくさんの小さな鈴《すず》を、あなたにあげたようなものだね……」

こう言って笑ったあと、王子さまはまた真剣《しんけん》な表情《ひょうじょう》をしました。

「今夜なんだ……ねえ……きちゃだめだよ」

「私はきみのそばにいるよ」

「ぼくはきっと、苦しそうな感じになると思うんだ……死んでいくみたいに見えると思う。そういうものなんだよ。だから見にこないでよ。わざわざくる必要はないよ……」

「私はきみのそばにいる」

王子さまは悩《なや》ましい顔になりました。

「言ってしまうとね……つまりそれはヘビのせいなんだよ。ヘビがあなたにかみついちゃいけないから……ヘビってやつはいじわるなんだ。あいつら、遊び半分でかみつくこともあるんだよ……」

「私はずっときみのそばにいるよ」

しかし、なにか頭に浮かんだのか、王子さまは安心したような表情《ひょうじょう》に戻《もど》りました。

「そうだ。ヘビが二回目にかんだときは、もう毒《どく》がないって……」


その夜、私は王子さまが出ていったことに気づきませんでした。王子さまは物音ひとつたてずに私のもとを抜《ぬ》けだしていったのです。なんとか王子さまに追いついたとき、彼は決意したように、早足で歩いていました。王子さまは私にただひとことだけはなちました。

「あ！　きちゃった……」

彼は私の手を取りました。しかし、やはり不安げな表情《ひょうじょう》でした。

「きちゃいけなかったのに。苦しい思いをするよ。ぼくはきっと死んでしまうように見えるよ。でも、それはほんとうじゃないんだ……」

私は、だまっていました。

「ねえ、わかってよ。ぼくのところ、すごく遠いんだ。この体を持っていくことはできないんだ。重すぎるもの」

私は、だまっていました。

「でも、それは脱《ぬ》ぎ捨《す》てられた古い殻《から》のようなものなんだよ。古い殻《から》なんだから、ちっともかなしくないよね……」

私は、だまっていました。

王子さまはすこしくじけたような様子になりました。でも、気をとりなおして、こう言ってきたのです。

「それは、ステキなことだよ。ねえ。ぼくも同じなんだ。夜空を見ると、すべての星々がさびついた滑車《かっしゃ》つきの井戸《いど》になるんだ。星々がすべて、ぼくに水をそそいで飲ませてくれるんだから……」

私は、だまっていました。

「ほんとうに愉快なことなんだよ！　あなたは五億の鈴《すず》を持つ。ぼくは五億のわきでる泉《いずみ》を持つ……」

そして彼もふいにだまりました。なぜなら、泣いていたからです。


「あそこだよ。ここからは、一人で行かせてね」

王子さまはそこでしゃがみこんでしまいました。こわかったのでしょう。そしてまた、彼はこう言いました。

「あのね……ぼくのバラの花……あの花を大切にしてあげなければいけない責任《せきにん》がぼくにはあるんだ。だって、ほんとうにはかない花なんだ！　ほんとうに無邪気《むじゃき》なんだ。なんの役にも立たない四本のとげだけで、世界から身を守ろうとしているんだ……」

私もまたしゃがみこんでしまいました。もうそれ以上、立っていられなかったからで

す。王子さまが言いました。

「さあ……さよならだよ……」

王子さまはまだすこしためらっているようでしたが、続けて立ち上がりました。そして足を踏みだしたのです。私は動くことができませんでした。

王子さまの足首のそばを走りぬける黄色い光が見えただけです。王子さまは一瞬《いっしゅん》、身《み》じろぎもせずに立っていました。そして声を発することもなく、木がたおれるようにゆっくりとくずれ落ちたのです。砂漠《さばく》は、王子さまがたおれる音さえも飲みこんでしまいました。

27

そう。あれからもう、六年がすぎました……私はまだ、王子さまと出会ったことをだれにも話していません。あのとき、私と再会《さいかい》した仲間たちは、私が元気で帰ってきたことをすごくよろこんでくれました。王子さまとのことがあったので、私はとてもかなしかったのですが、仲間たちには「疲《つか》れのせいだよ」と伝えました。

今では、すこしだけ気持ちがなぐさめられています。つまり……まったく大丈夫ですよ、というわけではありません。でも、王子さまが自分の星に帰ったことを、私はよくわかっています。なぜなら、夜が明けてみると、王子さまの体はどこにも見当たらなかったからです。彼が思っていたほど重い体ではなかったのでしょう……。それで私は、夜になると星々のもとで耳をすますのが好きなのです。五億の鈴《すず》の音《ね》にも似《に》たその星空に、耳をかたむけるのです……。

ただ、とんでもないことがひとつ起きていました。小さな王子さまに描《か》いてあげたヒツジの口輪《くちわ》。私はそこに、皮ひもをつけたすことを忘《わす》れていたのです！　あれでは、ヒツジに口輪《くちわ》をつけておくことができません。だから私は心配しているのです。

「王子さまの星はどうなっているだろう？　ヒツジは花を食べてしまったかもしれない……」

ときには、こうも思います。「そんなわけがないだろう！　小さな王子さまは、毎晩《まいばん》ガラスのおおいを花にかぶせてあげている。それに、彼はヒツジをちゃんと見はっているよ……」

こんなふうに思えるとき、私は幸せなのです。すべての星がおだやかに笑っています。

でも、ときにはまた、こうも考えます。「一度や二度はだれでもうっかりするものだ。ことが起きるのに、それでじゅうぶんではないか！　ある夜、王子さまがガラスのおおいを忘《わす》れてしまう。あるいは、物音もたてずにヒツジが逃げだしてしまう……」

すると、星空いっぱいの鈴《すず》の音《ね》は、かなしみの涙《なみだ》へとかわるのです。

これは、とても不思議なことです。小さな王子さまをいとおしむみなさんにとって、そして私にとってもそうですが、どこかわからないところで、私たちの知らない一頭のヒツジが一輪のバラを食べてしまったかどうかで、この宇宙《うちゅう》全体の印象《いんしょう》がすっかりかわってしまうのですから。

夜空を見上げてください。そして、こんなふうに問いかけてみてください。

「ヒツジは花を食べてしまったの？　それとも食べていないの？」

みなさんも、答えをどう想像《そうぞう》するかで、なにもかもがちがって見えるでしょう……。

でも、大人たちは、まったくわかっていないのです。それがどれだけたいせつなことであるかを！

これは私にとって、世界でもっとも美しく、世界でもっともかなしい風景です。前のページの絵と同じ風景ですが、みなさんによく見てもらおうと思って、あえてもう一度描《か》いたのです。小さな王子さまが地上にあらわれ、そして去っていったのはここ、この場所なのです。この風景をしっかりと見て、いつかみなさんがアフリカの砂漠《さばく》を旅するとき、ああ、ここだよねと見わけがつくようになっていてください。そしてこの場所を通りかかることがもしあったら、お願いですから、急がないでください。しばらく待っていてほしいのです。この星の真下で！　それでもし、一人の子どもがみなさんのところにやってきたら、もしその子が笑ったら、もしその子が金色の髪《かみ》だったら、もし、質問《しつもん》をしてもその子がなにも答えなかったら、その子がだれであるか、みなさんにはわかるはずです。そうしたら、おねがいです！　こんなにもかなしんでいる私をほうっておかないでください。どうかすぐに手紙を書いてください。王子さまが戻《もど》ってきたよと……。

訳者あとがき

このあいだのこのあいだの春、フランス南東部の街リヨンを訪《おとず》れました。ソーヌとローヌの二つの川が流れるこの古い街は、パリに次ぐフランス第二の都市。旧市街《きゅうしがい》には、中世からの人々の夢《ゆめ》や吐息《といき》が降《ふ》り積《つ》もったような、夕焼け色の赤茶けた屋根が並《なら》んでいます。

アントワーヌは一九〇〇年六月二十九日に、このリヨンで生まれました。生家《せいか》があったとされる通りはそのまま「アントワーヌ・ド・サン＝テグジュペリ通り」と名付けられ、近くのベルクール広場のはずれには、飛行士姿《ひこうしすがた》のアントワーヌと、その背後《はいご》に立つ王子さまの像《ぞう》があります。

この日はなぜか、アントワーヌの像《ぞう》の鼻先に鳩《はと》の羽がくっついていました。風が吹《ふ》くたびにそれがふわふわと揺《ゆ》れて、印象《いんしょう》としてはどこかユーモラスなのです。できることなら羽を取り除《のぞ》いてあげたいと思いましたが、どうしようもないことに、二人の像《ぞう》は高い塔《とう》の上にありました。この塔《とう》はいったいなんなのだろう？　そう思ってあらためて見てみますと、壁面《へきめん》になにやらフランス語の文字が彫《ほ》りつけられていました。キツネが王子さまにプレゼントしてくれたあの言葉でした。

“On ne voit bien qu'avec le cœur. L'essentiel est invisible pour les yeux.”
（心でしかものは見えない。ほんとうにたいせつなものは目に見えないんだ。）

通りの名の下には「作家・飛行士」とあり、誕生日と撃墜された日が記されている。

『人間の大地』からの一節も彫られている。
「星がひとつ輝き始めていた。私はそれを眺めていた」

そんなつもりで二人の像《ぞう》を見に行ったわけではなかったのに、胸《むね》が急に熱くなり、目の前がにじみだして困《こま》りました。彫《ほ》られた文字に手でそっと触《ふ》れ、落涙《らくるい》しないように塔《とう》の上の二人を見上げました。この言葉がこんなにも自分に入りこんでいたのだと初めて知った瞬間《しゅんかん》でもありました。

リヨンの空は快晴で、アントワーヌと王子さまの頭上には、その紺碧《こんぺき》を割《わ》るように飛行機《ひこうき》雲が一直線に伸びていました。ああ、アントワーヌが愛した空だ。どこまでも突《つ》き抜《ぬ》けた空だと、感慨深《かんがいぶか》いものがありました。でも、こんなこともすこし考えました。

彼は安心して飛んだことが一度でもあったのだろうか。

世界初の飛行機《ひこうき》……といっても、最高高度《さいこうこうど》が十メートルにも満たない、ふわりと飛び上がる程度《ていど》の機体を米国《べいこく》のライト兄弟が作り上げたのが一九〇三年のことです。フランス空軍の創立《そうりつ》が一九一〇年。アントワーヌが航空隊《こうくうたい》を志願《しがん》し、操縦《そうじゅう》の訓練を受けたのはその十一年後の一九二一年です。まさに飛行機《ひこうき》の黎明期《れいめいき》のなかで二十一歳《さい》のアントワーヌは奮闘《ふんとう》したわけです。

アントワーヌが初めて飛行機《ひこうき》に乗ったのは十二歳《さい》のときです。低空を飛ぶ、ごく短い体験飛行のようなものだったそうです。やがて彼は文学や演劇《えんげき》に興味《きょうみ》を持つようになりますが、十代の半ばに第一次世界大戦《だいいちじせかいたいせん》が勃発《ぼっぱつ》し世相は一変、海軍兵学校《かいぐんへいがっこう》を志望《しぼう》するようになります。そして兵学校の入試に二年続けて落ちたあと、航空隊《こうくうたい》を志願《しがん》し、そこで初めて戦闘機《せんとうき》に同乗しました。機関銃《きかんじゅう》を装備《そうび》した「スパッド・エルブモン」という複葉機《ふくようき》でした。

このときの模様《もよう》をアントワーヌは、母親マリーへの手紙に、「高所では混乱《こんらん》そのもののなかで、空間や距離《きょり》や方向の感覚が失われます。大地を探《さが》そうとして、自分の下を見たり上を見たり、あるいは右を見たり左を見たりするのです」としたためています。きりもみ飛行や旋回《せんかい》飛行のつらさは、「一年分の昼ご飯が胃《い》から出ていくようです」と記していますから、よほどしんどい訓練だったのでしょう。「明日も同じパイロットと乗ります。高度五千メートル。もちろん雲海《うんかい》の上ですよ」と書いていますので、当時のプロペラ機としては限界《げんかい》ぎりぎりまで上昇《じょうしょう》していたのだと思われます。

とはいえ、この世に飛行機《ひこうき》が出現《しゅつげん》してからたったの十八年です。飛躍的《ひやくてき》な進歩はあったにしても、その安全性は今とは比《くら》べものにならないくらいひどいものだったでしょう。アントワーヌの手紙にも書かれていますが、パイロットは高高度《こうこうど》の外気《がいき》に直接触《ちょくせつふ》れることから、重さ三十キロの防寒具《ぼうかんぐ》を身につけての操縦《そうじゅう》だったようです。飛行機《ひこうき》を操《あやつ》るのは、文字通り命がけの行為《こうい》だったのですね。

事実、たくさんのパイロットが命を失いました。アントワーヌの生涯《しょうがい》もまた、事故の連続でした。軍用機《ぐんようき》と民間機《みんかんき》の双方《そうほう》で、パイロットとして、また同乗者として計八回の墜落《ついらく》や着陸失敗《ちゃくりくしっぱい》を経験しています。その度に重傷《じゅうしょう》を負ったり、職《しょく》を失ったり、軍をくびになったりするのですから、それでもまた飛ぼうとする彼の不撓不屈《ふとうふくつ》の精神《せいしん》は、凡人《ぼんじん》の理解《りかい》を越えていると言ってもいいのかもしれません。

アントワーヌの読者ならだれもが知るように、彼は墜落《ついらく》にまつわる恐怖《きょうふ》と孤独《こどく》を忌《い》まわしい記憶《きおく》としてのみ留《とど》めるのではなく、逆に数々の文学作品として昇華《しょうか》させました。小説の代表作である『Terre des hommes（人間の大地）』や『Vol de nuit（夜間飛行《やかんひこう》）』は、事故の果てからの生死の境目を越えた心境《しんきょう》や、航空路《こうくうろ》の開拓《かいたく》のために命を落とした仲間のパイロットたちへの不断《ふだん》の思いがなければ書き得《え》なかったものでしょう。

アントワーヌの最後の作品となった本作『Le Petit Prince』も、その根幹《こんかん》にあるのは彼の経験です。アントワーヌは二十七歳《さい》のときにサハラ砂漠《さばく》に不時着《ふじちゃく》し、神秘的《しんぴてき》な砂丘《さきゅう》で一昼夜《いっちゅうや》救援《きゅうえん》を待ちました。砂《すな》の大地と星空のあいだで、はかない命の一点となったとき、彼はなにを思ったのでしょうか。
アントワーヌはまた、同じ年にサハラ砂漠《さばく》西岸の飛行場長《ひこうじょうちょう》も務《つと》めています。広大で茫漠《ぼうばく》とした砂漠《さばく》を毎日眺《なが》めていたのです。そのころの思いをのちに彼は『Lettre à un otage（人質《ひとじち》への手紙）』のなかで、「サハラにいるときほど、自分の家を愛したことはなかった」と記しています。見えているものの向こうに、自分を惹《ひ》き付ける強大な磁力《じりょく》が潜《ひそ》んでいることを砂漠《さばく》で確信したのです。この、身をもって感じ取った「見えないなにかがもたらす力」は、その後のアントワーヌの表現活動において大きな意味を持つようになりました。『Le Petit Prince』も、まさにこの世界観こそがテーマのひとつであり、物語をつらぬく通奏《つうそう》低音《ていおん》になっていますね。

砂漠《さばく》での体験だけではなく、『Le Petit Prince』には、アントワーヌの具体的、また心理的な人生経験がいくつも盛《も》りこまれています。たとえば王子さまが星に残してきた気位の高いバラの花。そのモデルは、彼の妻であったコンスエロだとよく言われるところです。アントワーヌ初婚《しょこん》にして、コンスエロは三度目の結婚《けっこん》です。王子さまの星が住《す》みにくいと嘆《なげ》くバラ。「前にいたところはね～」とこれみよがしに語るあたりは、ほんとうにそんな気まずい時間が二人のあいだには流れたのかもしれないと思わせる箇所《かしょ》です。

実際、アントワーヌとコンスエロの仲は何度も危機《きき》に瀕《ひん》しました。証言集などを読むと、アントワーヌは彼女のことで相当に苦しんだようです。しかもアントワーヌの作品と才能《さいのう》を称賛し、彼を陰で支えようとした女性《じょせい》は別にいました。この女性《じょせい》がいながら、別居《べっきょ》まで経た上で、アントワーヌはコンスエロのもとに戻る《もど》のです。別れると愛おしくなってしまう女性《じょせい》。それがコンスエロだったのでしょうか。あるいは、数々の葛藤《かっとう》を乗り越え、アントワーヌは愛憎を越えたもっと大きな心を持つにいたったのでしょうか。いずれにせよ、亡命先《ぼうめいさき》のニューヨークで彼は一度妻とよりを戻《もど》します。この『Le Petit Prince』を書き始めたのはそれからあとなのです。王子さまはバラと再会《さいかい》し、そこでようやくこの物語の構想を得《え》たのかもしれません。

王子さまと仲良くなるキツネも、アントワーヌが北アフリカの基地《きち》にいたころに出会ったフェネックという動物がモデルになっているようです。キツネの一種であるこの動物についても、彼は挿絵《さしえ》付きの手紙を妹のガブリエルに送っています。

「ぼくはフェネックを餌付《えづ》けようとしています。猫よりも小さくて、すごく大きな耳を持っています。とても可愛い。ただ、残念なことに、猛獣《もうじゅう》のような野性があって、ライオンのように吠えるのです」

フェネックは、物語のなかのキツネのようにはなつかせることができない動物のようですが、アントワーヌが手紙に描《か》いた挿絵《さしえ》は、『Le Petit Prince』に出てくるキツネとまったくいっしょです。耳が極端《きょくたん》に大きなキツネ。もし良かったら、動物図鑑《ずかん》などで確認《かくにん》してみて下さい。

そのような意味では、ついうっかりしていると危険《きけん》な大木になってしまうバオバブのたとえは、やはり戦争というものへの警告《けいこく》なのであろうと思われます。のちに彼の命そのものを奪《うば》うことになる第二次大戦《だいにじたいせん》は、ドイツとイタリア、そして日本が、他の国々からなる連合軍《れんごうぐん》と戦うという構図《こうず》を持ちました。全ヨーロッパを飲みこもうとするナチス・ドイツに対し、アントワーヌは偵察機《ていさつき》のパイロットとしてかたくなに戦いを挑《いど》みます。フランスにドイツの傀儡政権《かいらいせいけん》が誕生《たんじょう》したことをきっかけにニューヨークまで亡命《ぼうめい》しながら、この『Le Petit Prince』を書き上げたあと、再びコンスエロのもとを去り、兵士として戦線《せんせん》に戻《もど》ってくるのです。

ドイツにナチス政権《せいけん》が生まれたとき、ヨーロッパの人々はどの程度《ていど》の警戒心《けいかいしん》をもってそれを見ていたのでしょう。気がついたときには、もう手の施《ほどこ》しようがないほどナチスは力を持ち、大戦の扉《とびら》を開けにかかっていました。早いうちに摘《つ》んでおかないとたいへんなことになる。巨木《きょぼく》に育ってしまえば、象の群《む》れを引き連れても太刀打《たちう》ちできない。やがては根を張《は》り、ひとつの星を滅《ほろ》ぼすことになる。子どもたちにはそのことを知ってもらいたいからバオバブの絵を描《か》くにも力が入るのだ。こうした飛行士《ひこうし》の独白《どくはく》は、人生の大半を戦争に巻《ま》きこまれてしまったアントワーヌの心の叫《さけ》びだと感じられます。

アントワーヌの親友……この本を、むかし子どもだったころのその人にささげたいと思います……と、冒頭《ぼうとう》の献辞《けんじ》で紹介されているレオン・ウェルトも、人生を戦争に翻弄《ほんろう》された一人でした。

作家であり、美術《びじゅつ》評論家《ひょうろんか》でもあるレオン・ウェルトはユダヤ系《けい》のフランス人で、アントワーヌより二十二歳《さい》も年上です。アントワーヌは三十一歳《さい》のときに彼と会い、以降《いこう》は無二の友情《ゆうじょう》を温め合います。第一次大戦《だいいちじたいせん》の経験から平和主義者となったレオンは反植民地主義者《はんしょくみんちしゅぎしゃ》でもあり、アントワーヌとは必ずしも考え方が一致しなかったようです。しかし、異《こと》なる意見を持つからこそ寛容《かんよう》と理解《りかい》が生まれ、友情《ゆうじょう》を育《はぐく》めるのだというのが二人の共通の感性でした。意見や視点《してん》が違《ちが》っても、二人は魂の部分で触《ふ》れ合《あ》い、互《たが》いに支え合ったのです。

レオンは、ドイツ軍の攻勢《こうせい》が始まった一九四〇年に、迫害《はくがい》を恐《おそ》れてパリからフランス南部へと逃避《とうひ》します。ドイツ軍に捕《つか》まれば命を失う可能性《かのうせい》もある危険《きけん》な旅路《たびじ》を、レオンは『Trente-trois jours（三十三日間）』という作品にまとめ、米国《べいこく》での出版《しゅっぱん》とその序文の執筆《しっぴつ》をアントワーヌに託《たく》します。同年に亡命《ぼうめい》したアントワーヌは、約束通りニューヨークで序文を書きます。それがのちに単行本として出版《しゅっぱん》されることになる『Lettre à un otage（人質《ひとじち》への手紙）』なのです。すなわち、ゲシュタポの目を逃《のが》れ、飢餓《きが》や病苦《びょうく》に耐《た》えながら南仏《なんふつ》の農村に身を潜《ひそ》めていたレオンこそが、人質《ひとじち》なのです。あるいは迫《せま》りくる暴力《ぼうりょく》に震《ふる》えつつ、反転の機会を待って息を殺している全フランス国民こそが人質《ひとじち》だったのです。

アントワーヌはこの『Lettre à un otage』のなかで、人間性の普遍的《ふへんてき》な勝利の証《あか》しとして、『Un sourire est souvent l'essentiel.（ほほえみはしばしば本質的だ）』と書いています。危機《きき》を乗り越える人間の力、希望、その存在《そんざい》のもっとも本質的な部分がほほえみとしてあらわれている、としたのです。アントワーヌとレオンもきっとそうだったのでしょう。異《こと》なる意見をぶつけ合うことはあるにしても、ほほえみを欠かさない間柄《あいだがら》だったはずです。

遠いニューヨークから、アントワーヌはレオンをおもんばかります。そして二人のあいだに流れた「ほほえみ」の時間を振《ふ》り返り、こう記します。

「あれは戦争の前のある日でしたね。トゥルニュスのそば、ソーヌ川の岸辺です。ぼくたちは昼食をとろうとして、水辺に木製《もくせい》のバルコニーが突《つ》き出しているレストランを選びました。客がナイフで彫《ほ》った跡《あと》のある簡素《かんそ》なテーブルに肘《ひじ》をついて、ぼくたちは二杯のペルノーを注文したのです。医者はあなたに酒を禁《きん》じていましたが、ここぞというとき、あなたはいんちきをしました。あの日もまさにそれでした。なぜだかはわからないけれど、あの日もここぞというときだったのです。ぼくたちを高揚《こうよう》させていたのは、光の質よりももっと触知《しょくち》できないものでした」

「太陽がステキでした。温かな光の蜜《みつ》が、対岸のポプラ並木《なみき》と地平線までの平野を浸《ひた》していました。ぼくたちはあいかわらず理由《りゆう》がわからないまま、どんどん陽気になっていきました。太陽は明るく輝き安定し、川は流れ、食事は食事としてあり、水夫たちは呼《よ》びかけに応え、給仕《きゅうじ》は永遠《えいえん》の祝祭《しゅくさい》をつかさどるかのような幸福な気配りをもってぼくたちに仕えてくれましたね。ぼくたちは決定的な文明のなかで、無秩序《むちつじょ》から守られた避難所《ひなんじょ》にいたのです。完全な平和のなかにありました」

このとき、アントワーヌとレオンのあいだで、いったいどれだけのほほえみが交わされたのでしょう。二人はこのあとも互《たが》いの書簡《しょかん》のなかで、このときの幸福感について繰《く》り返し語っています。アントワーヌはレオン宛《あて》の手紙のなかで「平和というのは、レオン・ウェルトと一緒にソーヌ川の岸辺でソーセージとパン・ド・カンパーニュをかじることに、ひとつの意味があるということだ」と書きました。そしてレオンは、のちにこう記します。

「戦争の後、ヨーロッパと世界の諸問題《しょもんだい》を解決《かいけつ》しなければならないだろう。僕ら一人ひとりが、無限小の一部分として、文明に責任《せきにん》を負っている。この瞬間《しゅんかん》、僕の希望は何だ？　フルールヴィルの宿屋のテラス。ソーヌ川は遠くへ広がり、果てしないように、岸辺がないように見える。川は地平線に、青白《あおじろ》い木々のカーテンに溶《と》け込む。小魚のフライと鶏肉《とりにく》のクリーム添えをランチに食べる。トニオ（アントワーヌの愛称《あいしょう》）、僕らは再び一緒にフルールヴィルの宿屋を見ることができるだろうか？　そこに僕らの文明を再び見出すことはできるだろうか？」（レオン・ウェルト著、藤本一勇訳《やく》『僕の知っていたサン＝テグジュペリ』大月書店より）

食べたものの記憶《きおく》に違《ちが》いはあるようですが、これほどまでに互《たが》いを求め合う友情《ゆうじょう》が二人にはあったのです。

フランスを離《はな》れてしまったアントワーヌにとって、レオンは人質《ひとじち》であると同時に、自分が帰らなければいけない場所の温度ある記憶《きおく》であり、磁力《じりょく》を放つ故国《ここく》そのものでした。だからきっと、摩天楼《まてんろう》の街に沈《しず》む夕陽を見ながら、「生きていてくれ」とレオンに呼《よ》びかけたはずなのです。

哀《かな》しいときには夕陽を見る。王子さまのこのふるまいも、アントワーヌが毎日やっていたことなのだと思います。ドイツに占領支配《せんりょうしはい》されてしまった故国《ここく》を思いながら、朱色《しゅいろ》に染《そ》まる空を彼は何度見つめたことでしょう。北アフリカの航空基地《こうくうきち》から、またサルジニア島やコルシカ島の出撃基地《しゅつげききち》から、夕陽というものにどんな言葉を、どんな感情を託《たく》したのでしょう。おそらくはアントワーヌ自身も、王子さまと同様に押し黙《だま》ったまま、静《しず》かに日没《にちぼつ》を見つめたのではないでしょうか。

このように考えてくると、『Le Petit Prince』の語り手である飛行士《ひこうし》と、彼に意識《いしき》の目覚めを与える王子さま、その双方が、アントワーヌの化身《けしん》なのだと言わざるを得《え》ません。ほんとうに大切なことに気付かないまま戦争になだれこんでいく大人たちの社会、彼らが作り上げてしまった愚鈍《ぐどん》な常識《じょうしき》というものに、アントワーヌは王子さまの言葉を借りて怒《いか》りをぶつけるのです。あなたたちは人間ではない。きのこだと。

ただ、王子さまのすべてがアントワーヌ自身であったかというと、そうとも言えない場面がいくつかあるように思われます。地球を去るときが近づきつつある王子さまを抱《かか》え、飛行士《ひこうし》は夜の砂漠《さばく》を歩きます。世の中でもっとも壊《こわ》れやすい、はかないものを抱《だ》いていることに感動を覚えながら。

この、抱《だ》かれたまま眠《ねむ》っている王子さまはいったいだれなのでしょう。

アントワーヌには姉が二人、弟が一人、妹が一人いました。彼らが幼《おさな》いころに父親は病死してしまいましたので、母親のマリーと兄弟姉妹五人は仲良く力を合わせて生きてきました。ところが、たった一人の弟フランソワが心臓《しんぞう》の病気で死んでしまうのです。アントワーヌ十七歳《さい》、フランソワ十五歳《さい》のときでした。棺《ひつぎ》に横たわる少年フランソワの顔を、アントワーヌはどんな気持ちで見つめたのでしょう。姉のマリー＝マドレーヌものちに病死をします。命のはかなさは、まさにアントワーヌの家族のなかにありました。今にも消えてしまいそうな王子さまを抱《かか》えた飛行士《ひこうし》の心境《しんきょう》がアントワーヌのものなら、抱《かか》えられた王子さまは亡《な》き弟であり、姉であり、若《わか》き父であったのかもしれないのです。

あるいは、戦争の惨禍《さんか》によって命を奪《うば》われた無数の子どもたちが、王子さまとして出現したのだとも考えられます。親にしてみれば、子どもを失うよりつらいことはありません。しかし一度戦争になってしまえば、その悲劇《ひげき》が連綿《れんめん》と続くのです。

肉体としての形を失い、この地球からは去ったとしても、どこかの星で笑っているかもしれない王子さま。もう会うことはできないけれど、王子さまの笑顔を想像《そうぞう》しただけで、夜空のすべての星々から鈴《すず》のような笑い声が降《ふ》ってくる。物語のラストでアントワーヌが与えてくれるこのイメージは、第二次大戦後《だいにじたいせんご》の世界に於《お》いて、それぞれの王子さまを失ってしまった人たちの慟哭《どうこく》の心をどれだけ慰《なぐさ》めたことでしょう。

もちろん、抱《だ》かれている王子さまもアントワーヌ自身だったと言うことはできます。ニューヨークでこの物語を書いているときに、軍隊に戻《もど》る意志《いし》が彼にあったのかどうかはわかりません。しかし、飛行機《ひこうき》とこんなにも強く結びつき、事故ばかり起こした生涯《しょうがい》でしたから、死の予感はいつもどこかにあったはずなのです。ましてや、偵察機《ていさつき》のパイロットとして戦線に戻《もど》ることを決めていたのなら、死の意識《いしき》はすぐ隣《となり》にあったことでしょう。そうであれば、『Le Petit Prince』は彼の遺書《いしょ》であったともとれるのです。つまり、王子さまは、はかなく去った多数の命の化身《けしん》であるとともに、いずれこの世から消え去ることになるアントワーヌ自身でもありました。のちにマルセイユ沖《おき》の海底から彼のブレスレットや機体が引《ひ》き揚《あ》げられるまで、作家であり飛行士《ひこうし》であるアントワーヌ・ド・サン゠テグジュペリは、偵察飛行中《ていさつひこうちゅう》に忽然《こつぜん》と姿《すがた》を消した、とされていたのですから。

アントワーヌが生まれたリヨンを訪《おとず》れたあとで、私は彼がこの世から去ったマルセイユ沖《おき》の海を見に行きました。マルセイユで一番高い丘に登り、陽光を輝かせる巨大な鏡となった地中海《ちちゅうかい》をただひたすら見ていたのです。ミストラルと呼《よ》ばれる強い季節風が吹《ふ》く日でした。丘に吹《ふ》きつける風はゴーゴーと音を立て、人々の会話や小鳥たちのさえずりをどこかに運んでいってしまいました。しかし私にはなぜか、母親への最後の手紙をしたためているアントワーヌのつぶやきが聞こえるようでした。

一九四四年七月、ドイツ軍機に撃墜《げきつい》されて世を去る直前に、アントワーヌは母親に手紙を書いているのです。短い手紙ですので、全文を紹介しますね。

「ぼくの小さなお母さんへ

お母さん、本当に安心してもらいたいのです。この手紙を届《とど》けたいです。ぼくは大丈夫です。万事《ばんじ》うまくいっています。でも、こんなにも長いあいだお母さんに会えないことがとてもつらいのです。ぼくはお母さんのことを心配しているのです。年をとった小さなぼくのお母さん。ぼくらのこの時代は、なんて不幸なのでしょう。

ディディ（妹ガブリエルの愛称《あいしょう》）が屋敷《やしき》を失ったこと（妹の嫁《とつ》ぎ先。自らもよく訪《おとず》れた

ノートルダム・ド・ラ・ギャルド・バジリカ聖堂より、マルセイユ沖の地中海を眺める。
飛行機雲がまっすぐに空を割ろうとしていた。

屋敷《やしき》がドイツ軍によって破壊《はかい》されたこと）は、心底ぼくを傷《きず》つけました。ああ、お母さん、ぼくがディディの力になれたらなあ！　でも、彼女はこれからきっとぼくを強く頼ってくれますよね。いつになったら、愛する人に愛していると言えるときがくるのでしょう。
お母さん、ぼくがあなたを心の底から抱《だ》きしめるように、お母さんもぼくを抱《だ》きしめて下さい。

アントワーヌ

この手紙がアントワーヌの母親に届《とど》いたのは、彼が世を去ってからちょうど一年後でした。彼が生きているあいだには届《とど》かなかったのです。
どこかの星で王子さまが笑っている。だから星空全体が笑いだすのだ、という理屈《りくつ》が通じるならば、マルセイユの丘から見えた青い地中海《ちちゅうかい》は、アントワーヌの深い哀《かな》しみを連想《れんそう》させる「涙《なみだ》の王国」でした。今その地中海《ちちゅうかい》には、戦渦《せんか》から流れてきた難民《なんみん》の船が浮かびます。子どもたちの犠牲《ぎせい》もあとを断《た》ちません。王子さまの心を、いつになったら大人たちは理解《りかい》するのでしょう。

二〇一六年十月　紺碧《こんぺき》の空の下で　ドリアン助川

書名の『星の王子さま』は、内藤濯氏の創案です。長年にわたり日本の読者に親しまれてきたこの書名を、本書でも使用させていただきました。

この本で利用されている図版はすべてサン=テグジュペリ権利継承者から原版を提供され、複製されたものです。

写真　ドリアン助川

装丁　藤巻亮一

アントワーヌ・ド・サン=テグジュペリ

Antoine Jean-Baptiste Marie Roger de Saint-Exupéry［1900-1944］

フランス・リヨンに伯爵家の長男として生まれる。海軍兵学校の入試に失敗したあと、21歳のときに兵役で航空隊に入隊。除隊後、26歳で民間航空会社に就職し郵便飛行に従事する。同年、作家デビュー。以後さまざまな形で飛行し、その体験にもとづく作品を残した。代表作に『南方郵便機』(29年)、『夜間飛行』(31年、フェミナ賞)、『人間の大地』(39年、アカデミー・フランセーズ賞) などがある。『星の王子さま』(原題は『小さな王子』、43年) は第二次世界大戦中、亡命先のニューヨークで書かれた。翌44年7月、偵察任務でコルシカ島の基地を発進したあと消息を絶った。

ドリアン助川　Durian Sukegawa

1962年、東京都生まれ。早稲田大学第一文学部東洋哲学科卒。放送作家などを経て、90年に「叫ぶ詩人の会」を結成。99年のバンド解散後に渡米。2002年に帰国し、明川哲也の筆名で詩や小説を執筆。2011年より、ふたたびドリアン助川の名前で活動。『ピンザの島』(14年)、『あなたという国』(16年) など著書多数。映画原作となった『あん』(13年) は世界各国で読まれている。49歳からフランス語を学びはじめ、フランスの絵本『メガロポリス』(16年) の翻訳も手がける。

公式サイト「道化師の歌」http://www.tetsuya-akikawa.com/

星の王子さま

2016年12月12日　初版発行
2017年 1 月 3 日　第2刷発行
2019年 4 月 1 日　第3刷発行

著者
アントワーヌ・ド・サン=テグジュペリ

訳者
ドリアン助川

発行所
株式会社 皓星社

発行者
藤巻修一

編集
晴山生菜

発行所
〒101-0051　東京都千代田区神田神保町3-10 宝栄ビル6階
電話：03-6272-9330　FAX：03-6272-9921
URL http://www.libro-koseisha.co.jp/
E-mail：book-order@libro-koseisha.co.jp
郵便振替　00130-6-24639

印刷・製本　精文堂印刷株式会社

ISBN978-4-7744-0626-8